浅倉さん、怪異です！

県庁シンレイ対策室・鳥の調査員

植原 翠

角川文庫
24164

目次

主な登場人物

イラスト／ながべ

小鳥遊《たかなし》陽世《ひよ》
（大学生）

怪異を察知する鳥の“警告”が聞こえる体質を持つ。野鳥の観察が趣味で、大学では動物行動学を学んでいる。臆病《おくびょう》で、流されやすい性格。

浅倉《あさくら》桂《けい》
（県庁職員）

経営管理部地域振興課と新型特例災害対策室を兼務する若手職員。飄々《ひょうひょう》として摑《つか》みどころがない、いつでも笑顔の人誑《たら》し。生粋の紅茶党。

大塚正孝《おおつかまさたか》（県庁職員・対策室室長）

面倒見がいいが、熱くなりやすく説教がくどい。個性が強い対策室メンバーたち（特に奔放な浅倉）に胃を痛めている。

五十鈴《いすず》一鐵《いってつ》（元刑事）

室長のバディ。刑事時代に怪異絡みの事件で両目を失明し、警察を引退した。無口で無愛想だが、情に厚い。

七瀬《ななせ》詩織《しおり》（県庁職員）

心優しく凜《りん》とした姉御肌。その本性は重度の怪異オタクであり、半ば興味本位で怪異の研究をしている。

更科《さらしな》京介《きょうすけ》（悪徳商人）

七瀬のバディ。霊感商法で人を騙《だま》すインチキ霊能者。軽薄な言動が目立つが、細やかな気遣いができる「雑用の天才」。

山下《やました》 稔《みのる》（県庁職員・対策室副室長）

おっとりした紳士的な男性。ありとあらゆるドジを踏む「迂闊《うかつ》の擬人化」。大人しい調整役タイプ。

山下《やました》琴音《ことね》（小学生）

山下稔の娘でバディ。瘴《しょう》気が目に見える霊感体質。年齢に似合わずドライで、ニヒルな少女。

主な登場鳥《トリ》

イラスト／ながべ

スズメ

（スズメ目スズメ科
スズメ属）

人間にとってもっとも身近な鳥の一種。稲を食べる害鳥だが、稲につく害虫を食べる益鳥の面もある。人家の傍で生活しつつも人を警戒する、人間とつかず離れずの距離にいる。

アオサギ

（ペリカン目サギ科
アオサギ属）

青灰色の翼の、国内最大種のサギ。レース状の飾り羽と、黒く長い冠羽を持つ。

ガビチョウ

（スズメ目チメドリ科
ガビチョウ属）

概《おおむ》ね全身茶褐色の鳥。腹部は青みがかった灰色。他種の囀《さえず》りを真似ることがある。特定外来生物に指定されている。

ムクドリ

（スズメ目ムクドリ科
ムクドリ属）

頭巾《ずきん》を被《かぶ》ったような黒い頭に、ごま塩顔、灰色の体の鳥。多くが群れで行動し、特に夕方になると大量に集まって鳴き交わす。

ヒヨドリ

（スズメ目ヒヨドリ科
ヒヨドリ属）

灰褐色の体とオレンジがかった頬が特徴的な野鳥。大きな甲高い声で鳴く。植物の蜜《みつ》や果実を好み、子育ての季節には虫も捕食する。

プロローグ

真夏の湿った風が、地べたの葉を転がす。日が落ちかけた赤い空を指差すように、民家の植木が枝を伸ばしている。その枝に小鳥が一羽とまり、ピーッと笛のような声で鳴いた。

少年は妹をおぶって、畦道《あぜみち》を歩いていた。

「お兄ちゃん、ごめんね」

背中の妹がぶら下げた膝《ひざ》には、じわりと血が滲《にじ》む。少年はため息で返した。

「なんでひとりで行こうとしたんだ。誕生日ケーキの受け取り、じいちゃんが連れて行ってくれる予定だったのに。じいちゃんが帰ってくるまで兄ちゃんと待ってる約束だったよね？」

中学生の少年と、四つ歳下の妹。歩けなくなった妹をおぶって歩くと、暑さで息が上がる。

わんわんわんと、蝉の声が四方八方から降ってくる。地べたに蝉の死骸《しがい》が落ちている。体の半分が潰《つぶ》れた姿で、蒸し暑いアスファルトに焼かれていた。

「でもね、お兄ちゃん、ケーキ好きじゃないから。代わりにお兄ちゃんが好きな紅茶をこっそり買って、びっくりさせたかったの……」

そう言う妹のポシェットの中には、少年が気に入っていた、アールグレイのティーバッグが入っていた。

空が焼けるように赤い。道の脇の荒地で、伸び放題の草が夏の風で揺れる。

ふいに、ふたりの前に、すらりとした影が現れた。

「あらあら、怪我してる！」

白いワンピースに帽子を被《かぶ》った、若い女だった。少年は彼女を見上げる。女は少年がこれまでに見た誰よりも美しく、この田舎の農村の風景の中では、とりわけ異質に見えた。

「かわいそうに、痛いでしょ。お兄ちゃんも大変だろうし、おうちまで、お姉さんが車で送ってあげる」

「え、でも……」

「いいのよ、こういう小さい町では助け合いが大事なんだから」

少年はほっとした。妹と顔を見合わせ、彼は背中から妹を下ろす。

「僕はこれからケーキの受け取りに行くので、この子だけ、家に送ってもらえますか」

「お兄ちゃんばっかりケーキ屋さん行くの？　楓《かえで》も行きたいのに！」

妹が駄々を捏《こ》ねたが、少年はにべもなく突っぱねた。

「その足じゃ店まで歩けないだろ。お姉さん、お願いします」

「うん。おいで」

女が細腕を広げる。妹は不服そうだったが、女の優しそうな顔を見ると、素直に従った。

ピーッと、見知らぬ野鳥が鳴いた。茜空《あかねぞら》を飛びながら、甲高い声を張り上げる。

幼い背中がよろよろと、女に向かっていく。汚れたスカート、血の滲んだ靴下。女に縋《すが》り付く、小さな手。

その後ろ姿が突如、バクンと、喰《く》われた。

はらりと、帽子が舞う。女の頭が十字に裂けて、その割れ目が、妹を頭から飲み込んでいる。

少年は、その場で凍りついた。

「……え」

白いワンピースの女、否、女だった化け物は、妹の体を喉《のど》の奥まで詰め込んだ。少年は後退《あとずさ》りした。なんだ、これは。なにが起きた？

化け物の口が、足の先まで全てを飲み込む。少年の背中が、どっと汗で濡《ぬ》れた。全身が警報を鳴らす。今すぐ逃げないと、死ぬ。

少年は駆け出した。目の前で喰われる妹を、見捨てる以外になかった。蝉の声のシャワーが降り注ぐ。夕空を飛ぶ鳥が叫ぶ。少年は無我夢中で、焼けたアスファルトを走った。

第一章　ヒヨドリは鳴き叫ぶ

中部地方の某県某市。ここは県庁所在地でありながら、北には山脈が広がり人口が南部に偏った、とある地方都市である。

　林の中を、ヒーッと、鳥の声が響き渡る。

「今の甲高い声がヒヨドリですよ、浅倉《あさくら》さん」

　歩きながら、私は後ろを振り返った。ついてきていたスーツの男性が、弾んだ声で返事をする。

「ヒヨドリ！　ヒヨドリは知ってるよ。ピヨちゃんと一緒の名前の鳥！」

「一緒……いや、今のは『ヒヨドリ』で、私は『陽世《ひよ》』です！」

　私こと、小鳥遊《たかなし》陽世は、目を上空に向けた。

「いた。ほら、あの枝にとまってます」

「ん？　あ、本当だ。見えた」

　スーツの彼、浅倉桂《けい》は、私の視線の先を追った。

「かわいいね」

そう言って、ふんわりと口角を上げる。笑ったときに覗《のぞ》く、ちょこっと尖《とが》った犬歯がチャーミングな人だ。

枝の先にとまった鳥が、また甲高い声を響かせる。灰褐色の羽毛にオレンジ色の頬、そして特徴的な声のこの鳥が、ヒヨドリである。

私は首から下げていたカメラをゆっくりと上げて、ヒヨドリの姿を画角に入れた。シャッターを切り、愛らしい顔を写真に収める。声が大きいこの鳥は、喧《やかま》しくて迷惑がられることもあるが、おかげで見つけやすい鳥である。

風が枝を揺する。浅倉さんは大きく深呼吸した。

「街中から離れてこういうところに来ると、リフレッシュできるね。人間って自然界の一部なんだなあって、改めて実感するよ」

「そうですね。野鳥たちを見てると、尚更《なおさら》思います。この辺りは野鳥に限らず、他の野生動物もいますし」

「タヌキとかカモシカとかいるみたいだね！　人間がいると警戒して、なかなか姿を見せてくれないけど。見てみたいな」

平穏な会話のあと、浅倉さんは私に向き直った。

「それで、さっきの鳥はなんて言ってるの？」

「ええと……それが」

私は顔を曇らせた。

「……『帰れ』って言ってます」

「そっかあ。じゃ、進もうか！」

浅倉さんは上機嫌に笑うと、すたすたと速歩きになった。追い越された私は、慌てて彼の腕にしがみつく。

「『帰れ』って警告してくれてるのに、それを無視して進むなんて」

「これまでのピヨちゃんなら、それが聞こえた時点で引き返してたかもしれないけど、今回は事情が事情だからね」

浅倉さんが微笑む。

「警告されてるってことは、こっちで合ってるんでしょ。僕はピヨちゃんとヒヨドリさんを信じるよ」

「ねえ……怖くないんですか⁉」

私の嘆きが林に響くと、ヒヨドリはひらひらと枝から飛び去った。

大学の専攻は動物行動学、研究対象は野鳥。私、小鳥遊陽世は、ただ鳥が好きなだけのありふれた大学生である。

そんな私が、浅倉さんとともに林を歩くのには理由がある。単に彼を連れて、自然浴に来たわけではない。

「浅倉さんって、県庁の職員ですよね？」

機嫌よく歩く浅倉さんの背中に、私は問いかけた。浅倉さんは振り向かずに答える。

「そうだよ。なにを今更」

「行方不明者の捜索って、警察とか消防の仕事じゃないんですか？」

「捜し手は多いほうがいいじゃないか。それともなに？　ピヨちゃんは行方不明の……ナントカくんが心配じゃないの？」

「西田太一《にしだたいち》くんです。名前、忘れてるじゃないですか。本当に心配してます？」

市街地から車で二時間の、小さな集落。山に囲まれたこの地域で、小学二年生の少年が行方不明になった。集落で暮らす祖母の家に泊まりに来ていたが、朝には忽然《こつぜん》と姿を消していたという。県警、消防、レスキュー隊が動員され、周辺の山を中心に捜索が行われた。

県庁職員の浅倉さんも、その捜索隊のひとりである。そして私は、彼のガイド役として、彼に付き添わされていた。

「ピヨちゃんがこの林に詳しくて助かったよ。普段からこんなところ散策してるの？　こういう場所って汚れるし虫いるし、嫌じゃない？」

「ちょっと嫌ですけど、鳥がいるので！」

私は胸の前で両手を重ね、その麗しい鳥の世界に思いを馳《は》せた。

「飛行能力に特化した体の造り。高い空から陸の小動物を見つけ、飛びながらでも小さい虫を見つける視力。飛ばない鳥も、その性質に合った機能美の体でそれぞれの生き方をしてる」

美しい色、求愛の仕草、鳴き声……私はあらゆる側面で、鳥に魅了されてきた。こんなに奥深い世界、一度嵌《はま》ったら抜けられない。

うっとりと焦がれる私に、浅倉さんはふうんと鼻を鳴らした。

「いつからそんなに興味持ったの？」

「小学校中学年くらいだったかな。鳥は人間と違って紫外線が見える、って知って、一気に心を奪われました」

当たり前のように同じ空間にいるのに、見ている風景が全く違う。それがすごく、神秘的に感じた。

「鳥のことは父に教えてもらいました。父、鳥の専門医なんです」

胸の前に掲げたカメラは、父親のお下がりだ。

「小さい頃から父の趣味の探鳥についていっていたから、野山にあんまり抵抗がないんです」

幼い頃、玩具《おもちゃ》のカメラを持って父の背中を追いかけていた。あの頃から鳥の世界の奥深さにずぶずぶと嵌って、今ではこうして、暇さえあれば鳥を探して歩いている。浅倉さんは珍しそうに感嘆した。

「すごいなー、僕、野鳥なんて全部一緒に見えるよ。スズメとハトとカラスと、ヒヨドリくらいしか見分けつかないや」

「ヒヨドリ知ってるならムクドリ辺りも分かりそうなのに。他にも見つけやすいのは、イソヒヨドリ、ハクセキレイ」

頭の中に、いくつかの鳥の姿が思い浮かぶ。人間の住居周辺にも現れる、覚えやすい鳥たちである。あとはカモ類、季節によってはツバメも。

浅倉さんが顔だけこちらを振り返る。

「イソヒヨドリ？　ヒヨドリの仲間？」

「それが仲間じゃないんですよ」

ヒヨドリはヒヨドリ科で、イソヒヨドリはヒタキ科。ヒヨは雌雄同色だが、イソヒヨはオスだけ青くてメスは地味な色をしている。声もヒヨは騒がしいが、イソヒヨはとてもきれいで……と語りそうになって、私は一旦《いったん》呑み込んだ。

「見た目が似ているからそんな名前になったそうですが、さして似てもいない赤の他人です」

「あ、赤の他人!?」

浅倉さんがきょとんとしている。

なにごとにも言えることだが、相手の反応も見ずに夢中になって喋《しゃべ》ると引かれてしまう。こうして一旦要約して、興味を持ってもらえたら続けるくらいでちょうどいい。

私は小さく咳払《せきばら》いして、切り替えた。

「それで……浅倉さんはこの林に馴染《なじ》みがあるわけでもないのに、なんで捜索に駆り出されてるんですか？」

「林には入ったことないけど、太一くんが泊まってた集落の人たちとは顔見知りなんだ」

浅倉さんの胸に下がった首掛け名札が揺れる。「経営管理部地域振興課・浅倉桂」シンプルなゴシック体で、そう刻まれていた。

「あの辺り、お茶の農家が多いでしょ。お茶はうちの県の特産品だから、産業の核でね。ちょいちょい現場を見に行って、農家さんたちと話してるんだよ」

「なるほど、地域振興課っぽいことしてる……」

浅倉さんの仕事は、地域農業の活性化・強化に努めることである。現場に足を運んで現場の人とコミュニケーションを取るのも、彼の仕事なのだろう。

「農家さんたち、とっても良くしてくれるんだよ。まるで孫が遊びに来たみたいに出迎えてくれる」

ほんわかとした人柄に、甘めの童顔。二十七歳だそうだが、大学生の私とそう変わらなく見える。人懐っこくてよく笑う愛嬌《あいきょう》のある人で、それでいて、年齢相応に落ち着いている。浅倉さんはどこにいても周囲に馴染む、生粋の人誑《ひとたら》しである。

県の役人という立場でありながら、農家の人たちに可愛がられているのも、彼のそういう性分故だろう。

「殊に、太一くんのおじいちゃんとおばあちゃんは、僕の推しの茶農家さん。あの人たちのつゆひかり、最高に美味《おい》しいよ」

「つゆひかり？」

「茶葉の品種。緑茶はもちろん、和紅茶としても美味しいんだよ」

紅茶というと、インドやスリランカなどの外国産紅茶品種の茶葉を想像しやすいが、日本茶の茶葉だって、発酵させれば紅茶になる。紅茶党の浅倉さんは、この飲み方を気に入っている。

私はなんとはなしに、訊《き》いてみた。

「農家さんたちと、普段どんなお話をするんですか？」

「お孫さんの話とか、チャノキにつく害虫の愚痴聞いたりとか……あと、地方移住で来た子の話とか」

「移住して農業を始めてくれた人がいるんですね！」

「うん、ヒカリちゃんっていう女性でね。ちょうど僕とピヨちゃんの真ん中くらいの歳の人」

彼の話を聞き、私ははあ、と感嘆した。若いのに田舎に移り住んで地域農業に力を貸してくれるとは、すごい人だ。浅倉さんの声がとろけはじめる。

「つゆひかりの名前にシンパシーを感じた、っていうエピソードで、農家さんの心を鷲摑み。人懐っこくて甘え上手で、農家さんたちからも孫のように扱われてる。天性の愛され体質っていうのかな？」

浅倉さんもそのタイプだよなあ、と、私は口の中で呟《つぶや》いた。彼の場合は、どこか打算的な印象もあるが。浅倉さんの顔が緩んでいく。

「個人的にも気になるんだよねー。どうやってお近づきになろうか……」

「公私混同は良くないと思います」

ニヤニヤ具合に腹が立って、私はぴしゃりと撥《は》ねつけた。浅倉さんは話しながら思い出し、手を叩《たた》く。

「そうだ。農家さんと話してて、幅広い層にお茶に親しんでほしいって相談されたこともあるよ。お菓子にアレンジしてみたり、パッケージを華やかにしたり、いろいろ頑張ってるんだって。ピヨちゃんだったら、どんな企画を思いつく？」

急に振られ、私は知識がないなりに考えてみた。

「あんまり考えたことないんですけど、お茶と相性のいいお菓子とセットで売り出してみるのはどうでしょうか。近隣のスイーツ店とコラボとか。和菓子でもいいし、紅茶ならケーキも合いそう」

「へえ、いいね！　次に茶農家さん方と会うとき、提案したいな」

浅倉さんが顔を上げた。

「あの人たちいつも試食のお菓子くれるから、今後は貰《もら》ったらピヨちゃんに届けるよ」

「試食なんだから浅倉さんが食べてくださいよ」

林の冷たい空気の中、鳥の声と風の音と、私たちの雑談が静かに響く。浅倉さんが苦笑する。

「甘いもの、苦手なんだ」

「えっ!?　意外！　なんかすごい甘党っぽい顔とキャラしてるのに！」

「甘党っぽいってなにさ。ともかく、美味しく食べてくれる人が食べたほうが、試食の意義があるじゃないか」

空からキイキイと、ヒヨドリの悲鳴のような声が響く。今度はジジジと、シジュウカラの警戒鳴きが私の耳を突き刺す。木々の向こうには、旋回するトビと、やけに群れをなすカラスが見えた。

浅倉さんが問いかけてくる。

「さて、ピヨちゃん。どっち？」

ここで反対方向を伝えれば、なににも巻き込まれずに帰れるかもしれない。一瞬はそうも考えたが、私は、行方不明の子供を見捨てられるほど器用ではなかった。

「あっちです。大型の鳥が――〝警告〟してます」

大学の専攻は動物行動学、研究対象は野鳥。それだけなら、ただ鳥好きなだけのありふれた大学生だが、私は「ありふれた大学生」よりも、ほんの少し、勘が鋭かった。

「あそこにいる鳥、円を描いて、真ん中を避けるように飛んでます。その中心になにかあるみたいです」

「お、あれか」

浅倉さんは不自然な動きをする鳥を見上げた。

鳥の旋回する真下に近づくに連れ、一層足が重くなった。五感が危険を知らせる。鳥の〝警告〟が、ガンガンと頭に響いてくる。

だんだんと木々の間隔が開きはじめ、やがて、拓《ひら》けた場所に出た。どきりとして、足が止まる。

突然、目の前に石鳥居が出現した。

それまで木々に隠れていたのだろうか、見えなかった。どっしりとした太い鳥居は、欠けて傷み、苔《こけ》むしている。上空でカラスが、ギャアーと大きく鳴いた。

――ここにいてはいけない。

――命が惜しければ去れ。

カラスがそう、訴えてきている。

気がついたら、脚が震えていた。浅倉さんはなにも感じないのか、平然とした顔で私を見ている。私は小さく呼吸を整えて、言った。

「ここです」

間違いない。鳥たちが危険を知らせる場所は、ここだ。

「行方不明の子……太一くんは、ここで……」

「ふうん」

浅倉さんが鼻を鳴らす。彼は石鳥居の向こうを覗《のぞ》き込み、私の肩を叩いた。

「あれ、いかにもって感じだね」

私も恐る恐る、彼の視線を辿《たど》る。

石鳥居の向こうには、ぼろぼろの祠《ほこら》があった。屋根が朽ちて剝《は》げていて、蜘蛛《くも》の巣だらけで、まるで管理されていないのが見て取れる。

そしてその脇には、小さなスニーカーが、片方だけ落ちていた。浅倉さんは数秒だけスニーカーを眺めると、急にくるっと、祠に背を向けた。

「よし、帰ろう！」

「へっ⁉」

思わず、素《す》っ頓狂《とんきょう》な声が出る。

「帰る⁉　ここまで来たのに⁉」

「ははは。さっきまで怖がって帰りたそうだったくせに」

「いや、だってそこに靴まで落ちてるんですよ。よく捜せば太一くん見つかるかもしれないじゃないですか。もしもうこの辺にいなかったとしても、この近くにヒントがありますよ。ここまで来たんならちゃんと調べましょうよ」

軽やかに笑う浅倉さんに、私は目を白黒させた。摑《つか》みどころのない人だとは思っていたが、行動が全然読めない。浅倉さんは、にこにこするだけで頷《うなず》かない。

「だからこそだよ。特大ヒントを見つけた、答えはもう目の前。だから、一旦《いったん》帰る」

浅倉さんはそう言うと、上空のカラスを見上げた。乾いた空を、黒い影が旋回している。浅倉さんは少し考えたのち、言った。

「場所を確定させたら、踏み込むより前に、ひとつ段階を挟むんだよ。過去のデータベースを確認して、似たような条件のケースをいくつかピックアップして、そこから今回の案件の対策を練っ……」

彼はそこで、言葉を切った。横に動いた浅倉さんの視線を、私も追う。

いつの間にか、祠の前に巫女《みこ》装束の女性が立っていた。二十代くらいだろうか、長い黒髪を首の辺りで束ねた、細身の人である。

　いつからそこにいたのだろう。私は驚きつつも、自分たち以外の人を見つけて、ほっとした。

「祠の手入れに来た人でしょうか。普段からこの辺に出入りしている人かもしれないですね。あの人に、太一くんを見てないか聞いてみませんか？」

　浅倉さんに言うと、彼は私に苦笑いした。

「ええと、そうだなあ」

　苦笑いしつつも、目は巫女さんから離さない。

　巫女さんは箒《ほうき》を持ち出し、祠をぱたぱたと叩いて蜘蛛の巣を払っている。なかなか動かない浅倉さんに痺《しび》れを切らし、私は巫女さんに声をかけた。

「すみませーん！　この辺りで、小さい男の子見ませんでしたか？」

「あっ、こらピヨちゃん」

　浅倉さんが引き止めるが、私は早く、いなくなった太一くんのヒントが欲しい。巫女さんがこちらを振り向く。

　そして目が合って、呼吸が止まった。

「え……」

　その巫女さんの目には、白目がなかった。

まるでブラックホールみたいに真っ黒で、艶《つや》もない。ずっと見ていると、そのまま吸い込まれてしまいそうな、そんな気がした。

絶句する私に、巫女はニヤリと笑った。口が耳まで裂けて、ノコギリの刃のような牙《きば》が覗く。その隙間からたらたらと、粘った唾液《だえき》が零《こぼ》れ落ちる。

なにこれ。巫女じゃない。人間じゃない。人間に擬態した、別のなにかだ。

声を出せずに立ち尽くす私を、巫女、否、巫女の姿をした何者かが、漆黒の目でじっと見つめている。私は脚が凍りついて、動けなかった。

突然、巫女の背中がぶくぶくと盛り上がりはじめた。白い装束を突き破って、黒い泡のようなものが覗き、膨らんでいく。目を疑ったほんの数秒の内に、泡が形を変える。

二メートルほどの獣――四角い体に面長の顔、これは、カモシカだろうか。全体の形状こそカモシカに近いが、節のある脚は昆虫のそれのようで、毛皮はねっとりと糸を引いている。目は相変わらず、節穴のように黒かった。

ヒヨドリの悲鳴が聞こえる。ギャアギャアギャアとカラスが鳴き叫び、逃げていく。トビの影も離れていく。鳥たちが逃げ惑いながら、私に危険を知らせている。

カモシカのようなそれが、ウルルと唸《うな》る。そして突如、そのドロドロとした脚で駆け出し、大口を開けて私に突進してきた。

「えっ、あ、あ……！」

恐怖のあまりに、私はカメラを抱きしめた。暴れる心臓に押しつけて、後ずさる。体が強張《こわば》って、上手《うま》く動けない。

その瞬間、パシュッと空気が抜けるような音がした。カモシカの額から、どろっとした半透明の液が噴き出す。突進してきていたカモシカは、後ろにひっくり返って脚を上に向けて倒れた。

なにが起こったのか理解が追いつかず、私はその場で目をぱちくりさせた。

「あーあ。ピヨちゃんたら、臆病《おくびょう》なくせに警戒心が足りないよ」

浅倉さんの間延びした声で、我に返る。

「こんな怪しい場所に、なんの気配もなくいきなり現れた相手だよ。人間とは限らないじゃないか」

彼を振り返り、私はびくっと身を強張らせた。浅倉さんの長い指に握られているのは、拳銃《けんじゅう》である。銃口から細い硝煙が立ち上っている。

「相手がなにをしてくるか分からない以上、事前に調査して対策を取りたかったのに。話しかけちゃうんだもん」

つい数分前まで、間延びした口調でお茶の話をしていた浅倉さんが、今私の真横で銃を構えている。相変わらず、穏やかな微笑みを湛《たた》えたままで。

「す、すみません。だって人だと思って……」

半泣きになる私の肩を、浅倉さんがぽんと叩《たた》く。そのまま私を自身の背後へ押し出して、彼はひっくり返ったカモシカに向かっていった。脚をびくんびくんと痙攣させるカモシカを、浅倉さんは容赦なく踏みつける。それから再び銃口を突きつけ、カモシカの真っ黒な目に弾を撃ち込んだ。カモシカの目から黒い泥状の液が飛び出し、一滴、私の頬を濡《ぬ》らす。

浅倉さんはスーツのジャケットの中から無線機を取り出した。

「浅倉でーす。槻綴《つきとじ》地区区画六、林内」

気だるげで涼しげな声が、林の冷たい空気に吸い込まれる。

「『怪異』クラスB、始末完了しました」

警察への行方不明者の届け出は、年間、約八万件にのぼる。無事に見つかっている人ばかりではなく、存在ごと忘れ去られてしまう人もいる。届け出されていない人も含めれば、一体何人が、この国から消えているのだろう。

一体、何人が、怪異に喰《く》われているのだろう。

ザザ、と雑音が入ったあと、浅倉さんは返答を待たずに無線機をしまう。私は、彼の後ろ頭に問いかけた。

「浅倉さん。怪異って、なんなんですか？」

「今、君が見たものだよ」

浅倉さんがあっさりと言う。私にはまだ、ついていけそうにない。

「そんなものが本当にいるなんて……実物を見ても、まだ信じられない」

「その『現実にいるとは思わないもの』を『怪異』と呼ぶんだと思ってくれていいよ。慣れればいるのが当たり前になって、その気持ちもいずれ忘れる」

風が彼のジャケットの裾《すそ》をふわりと広げる。私はカメラをぎゅっと抱きかかえて、震えていた。

新型特例災害、通称、『怪異』。

人間を喰らう、化け物である。

彼らは人間社会に溶け込んで、突如本性を現し、人間を丸飲みにする。

行方不明者の届け出は、年間約八万件。そのうちの何割かは、怪異に喰われて、消えた人々だ。

「怪異は、どうして人を喰うんですか」

訊《き》いたって仕方ないのに、訊いてしまった。浅倉さんが、んー、と唸る。

「自身を増幅させるため、らしいよ。人を喰ったら喰っただけ、成長する。成長して最終的にどうなりたいのか、目的までは分からないけどね」

怪異の本体は、生物の死骸《しがい》らしい。そこになにかが取り憑《つ》いて、化け物へと変えてしまう。

今のカモシカの化け物も、そんな、人を喰う怪異の一種だ。大きかったカモシカは、浅倉さんに踏まれて、くしゃっと崩れた。まるで初めから砂の塊だったかのように壊れていく。その無機質な質感を見ていると、怪異と呼ばれる彼らが、生物ではないのだと思い知る。

「ん？　あれ？」

浅倉さんが、砂を蹴《け》りながら首を傾げている。私は少し離れたところから、様子を見ていた。

「どうかしましたか？」

「ヨリシロがない。本来ならこの中に……まあいいや」

ギャアーと、ヒヨドリが叫ぶ。いつの間にやら、枯れ枝にとまってこちらを見ている。あの巫女《みこ》……いや、カモシカの怪異が死んだから、警戒していた鳥が戻ってきたのだろうか。

浅倉さんはゴム手袋を嵌《は》め、ジャケットから五センチ程度の試験管を取り出した。その試験管で、カモシカから溢《あふ》れ出た黒い液体を掬《すく》い取る。私は目を疑った。

「なにしてるんですか？」

「この体液を持ち帰るんだよ。太一くんは見つかってないけど、これを調べればなにか分かるかも」

「え？　その液体と太一くんと、どう関係が……」

ヒヨドリが叫んでいる。瞬間、ピントが合った。枝を揺すって声を張り上げるあのヒヨドリは、私に伝えようとしている。

——逃げろ。

背すじにぞくっと悪寒が走る。嫌な予感がする。

「浅倉さん、多分まだ、終わってない」

「ん？」

浅倉さんがこちらに顔を向けた、そのときだ。

祠《ほこら》の向こうからぬっと、巨大な影が顔を覗《のぞ》かせた。

長い顔に、漆黒の目。ぬるりと伸びた角。カモシカだ。でも、大きさは先程のカモシカの比ではなく、倍はある。影だけで浅倉さんを呑《の》み込んでいる。

浅倉さんがその気配に気づく。振り向いた彼は試験管を捨て、代わりに銃を摑《つか》んだ。

しかしカモシカの方が素早い。縦に割れて開いた口が、浅倉さんを包み込む。

「浅倉さん！」

私は裏返った声で叫んだが、なにもできなかった。脚が動かない。ヒヨドリが飛び立ち、上空から「逃げろ」と鳴き叫ぶ。

と、バチッと鋭い音がした。カモシカの動きが止まる。そしてびくっと仰《の》け反《ぞ》り、唾液《だえき》を滴らせた口を、浅倉さんから退ける。

なにが起こったのかと思ったら、浅倉さんの手には、スタンガンが握られていた。どうも口の中で放電し、カモシカを痺《しび》れさせたらしい。

私はへなへなと座り込んだ。

「なにそれ、そんなのも持ってたんですか」

スーツを唾液まみれにされた浅倉さんは、すっかり不機嫌だった。

「全く。あとから親玉が出てくるなんて卑怯《ひきょう》だよ。油断も隙もあったもんじゃない」

彼は改めて、拳銃を手にする。そしてカモシカの真っ黒に淀《よど》んだ瞳《ひとみ》に、ぴたりと銃口を合わせた。

「大っ嫌いだ」

パスッと小気味の良い音がして、射貫《いぬ》かれたカモシカの目から、黒い液体が噴射した。

カモシカが動かなくなる。鳴いていたヒヨドリも、いつの間にかいなくなったようだ。私はまだ腰を抜かしたままだ。

浅倉さんがひとつため息をついて、拳銃を下ろす。それをスーツの内側のガンホルダーに収めてから、ポケットからまた新たに試験管を取り出し、泥のような黒い体液を掬い取る。

この大カモシカの化け物も、目を撃たれたと同時に砂になった。浅倉さんが砂山になった腹に登ると、砂は簡単に崩れ落ちた。

そしてその砂の中から、カモシカの死骸が出てきた。化け物ではない、普通のカモシカだ。死んで数日経っているのか、他の生き物に齧《かじ》られた痕《あと》がある。

「おっ、ヨリシロが出てきた。やっぱ最初のひと回り小さい方は、これの分身みたいなものだったのかな」

浅倉さんは、砂に埋もれたカモシカの死骸に目を落とした。

「可哀想にね。安らかに眠りたかっただろうに、こんな化け物になっちゃって」

黒い体液に濡《ぬ》れた前髪を払うでもなく、彼はぽつりとそう言った。同情めいた呟《つぶや》きを漏らしつつも、あまり感情がこもっていない声色だ。私には、薄気味悪く聞こえた。

「普段は巫女さんの姿に擬態して、人から声をかけられるのを待っていたみたいだね。そうして油断させて、人を喰ってたわけだ」

浅倉さんが試験管の蓋《ふた》を閉める。

「ヨリシロ……すなわち、本体はカモシカ。林の中で事切れた個体の死骸が怪異化。

でっかい母体ありきで、そこから分裂した別個体をコントロールして、効率よく人を襲ってた、ってところかな」

彼の胸で、赤いストラップで吊《つ》られた名札が揺れる。「経営管理部地域振興課・浅倉桂」——しかし彼の所属は、それだけではない。

私は彼の、「地域振興課」と並ぶもうひとつの肩書きを、声に漏らした。

「県庁、シンレイ対策室……」

浅倉さんは、怪異の調査・討伐を行う県庁職員である。

今回の案件は、警察からの依頼だった。行方不明の子供は、怪異に喰われた可能性があったという。怪異の出没しそうな場所を事前に調べ、周辺を見に行き、怪異による災害だと確証を得たら対策を練り、狩りに向かう。今回も、太一くんが行方を眩《くら》ませた近辺に怪異が出ていないか、その調査のために、浅倉さんはこの林を訪れた。

浅倉さんの足が、山盛りの砂を切り崩す。ふいに、その砂の隙間から、子供用の靴下らしき、カラフルな布がはみ出した。私はよろっと立ち上がり、その布の周りの砂を掻《か》いた。やがてふっくらとした脚が出てきて、お腹が見えて、ついに顔が出てきた。

「太一くん！」

目を閉じてぐったりしていたが、それは行方不明の少年、太一くんだった。一瞬もう手遅れかのように見えたが、体は温かいし、呼吸している。

浅倉さんは太一くんの髪から、砂を払った。

「気を失ってるだけみたい」

「良かった……」

再び腰から力が抜けて、私は座り込んだ。浅倉さんが無線機を取り出す。

「浅倉です。槻綴地区区画六、林内。怪異クラスB、始末完了。対象の子供、発見しました。生きてまーす」

彼のまったりとした声は、この異様な状況の中で、妙に私を安心させた。

怪異は狩られ、太一くんも生きて見つかった。一件落着だ。もう、鳥の〝警告〟も聞こえない。

「さて、救急車が来られるところまで歩こう」

浅倉さんが太一くんを抱きかかえて、来た道を戻る。私もそれについていき、鳥居を潜ったところで、後ろを振り返った。砂の山の中に埋もれた、カモシカが横たわっている。

「カモシカさん……痛かったでしょうか」

私が呟くと、浅倉さんは唸《うな》った。

「どうかな？　そもそも死骸《しがい》だからね。死骸が生物のように動かされてるだけで、すでに死んでるんだから、痛みもクソもないんじゃない？」

容赦なく言ってから、彼は力なく笑った。

「悲しい気分になるのは分かるよ。生き物ではなかったとしても、生き物のように見えるものを殺すのは、嫌だよね」

そして地べたに残った黒い泥を一瞥《いちべつ》し、平板な声で言う。

「でも、人間のそういうやり場のない感情こそが、怪異を寄せ付けるんだよ」

浅倉さんが前髪の隙間から、私に意地悪な笑みを見せた。

「風水でもホラー映画でもよく言うでしょ？　陰鬱な空気が溜《た》まりやすいところには、悪いものが寄って来るんだよー。怪異を憐《あわ》れんじゃう君みたいな人は、気に入られちゃうよ」

「や、やめてくださいよ！」

「日頃から怪異に狙われてる人は、本能的に違和感を察知できるようになるそうだ。君に聞こえてる鳥の〝警告〟は、多分それ」

ぞわっと、鳥肌が立った。浅倉さんは、涼やかに微笑む。

「それは性格だから直しようがないけどさ。割り切ったほうが楽だよ。相手は化け物、同情の余地はない。って」

ああ。どうして私がこんな現場に駆り出されているのだろう。妙な怪物も、それを倒せる銃も、意味が分からない。そもそも浅倉さんだって、警察でなくて県庁職員なのに銃を使いこなすし、あんな怪物を前にしても平然としているし、まずこの人自体が謎だ。

私は頭を抱えて、ぼやいた。

「私……もうついていけないです」

パタタと、ヒヨドリが空を飛んでいく。小鳥のさえずりが、木々の隙間から聞こえる。

浅倉さんは、黒い泥の飛んだ顔で私に笑いかけた。

「なに言ってるの、君もシンレイ対策室の一員だよ。逃がさないから、これからもよろしくね。ピヨちゃん」

冬の青空が、私たちを見下ろしている。

県庁・新型特例災害対策室――略して『シンレイ対策室』。

民間に伏せられたその存在を私が知ってから、まだ、たったの一週間である。

第二章　ガビチョウは拒絶する

「お前は何度言ったら分かるんだ。民間協力員《みんかんきょうりょくいん》を危険に晒《さら》すなとあれほど！」

室長の怒号が、狭い室内に響く。

「俺たち県庁職員は、自身の仕事のために民間人に『協力していただいている』立場なんだ。だから武器を持って確実に守る。基本中の基本！」

「ですねー」

浅倉さんが、叱られ中とは思えない間延びした相槌《あいづち》を打つ。室長の雷は鳴り止まない。

「件《くだん》の怪異はまだ、初期調査の段階だっただろう。クラスもヨリシロがなにかも分からない段階で特攻するのは、あまりに無謀だ。相手は化け物なんだぞ」

中部地方の片田舎、某県県庁舎。その地下にある、とある一室。新型特例災害対策室、通称シンレイ対策室のオフィスは、薄暗い廊下の奥にぽつんと設置されている。

ここの室長、大塚正孝《おおつかまさたか》さんは頭を抱えていた。

「お前、先週もだったな？　一体どれだけ怒られれば気が済むんだ」

「怒りすぎは体に毒ですよ。溜《た》め込むのもいけませんが、何事も適度がいちばんです」

「誰のせいだと思って」

室長は、ワイシャツにネクタイのビジネススタイルに、作業着の上着を羽織った、五十代ほどの男性である。がっしりとした大柄な体格に鬼瓦《おにがわら》のような顔を乗せた、いるだけで威圧感を放つ人だ。

部屋の真ん中に置かれた会議用テーブルについていた彼は、私と浅倉さんが戻るなり、早速呼びつけた。怖い顔で叱られても、浅倉さんはにこやかだった。

「ははは。でも僕もピヨちゃんも無傷なんだから、ひとまずよかったじゃないですか。スーツがダメになったのは残念だったけど」

晴れやかな笑顔で、彼は新調したスーツの裾《すそ》を摘《つま》んだ。

「僕がここに配属された当初、室長、『怪異はなにをしてくるか分からないから着替えは多すぎるほど持っておけ』ってアドバイスしてくれましたよね。おっしゃるとおりでした！」

「せめて反省してくれ……」

室長がため息とともに項垂《うなだ》れる。

怪異。それは、この世に潜む、人を喰《く》う化け物。

自然界の生き物の亡骸《なきがら》が、化け物に変貌《へんぼう》する。この『現象』を、便宜上『怪異』と呼んでいる。……らしい。

らしいというのは、私自身、彼らの存在を知って間もないからだ。

説教を聞き流す浅倉さんに代わって、私は室長に頭を下げた。

「すみません。浅倉さんはちゃんと引き返そうとしてたんですけど、それを止めて怪異に近づいてしまったのは、私です」

「はあ。小鳥遊の性格は、やっぱりここには向かないかもな……」

室長の容赦のない言葉に、私は身を強張《こわば》らせた。今すぐ辞めようかと考えはじめた途端、室長は険しい顔のまま言った。

「なんでも自分のせいにするな！　反省はいいが引きずるな！　気にすんな！　そういう奴が怪異の餌になる！」

「え、でも、私が悪いのでは……？」

「そういうところがこの仕事に向かないっつってんだ。くよくよした雰囲気は、怪異に好かれやすいんだよ」

私は絶句した。室長は、私に判断ミスがあったからではなくて、進んで謝ったから「向かない」と言うのだ。室長が椅子の背凭《せもた》れに体を預ける。

「小鳥遊は新人だから、判断を間違えるのは仕方ない。だからその分、浅倉が慎重になるべきなんだ。とはいえ、浅倉だけの責任とも言えないか」

彼は私と浅倉さんをそれぞれ見比べ、唸《うな》った。

「いいか、小鳥遊。俺たちが怪異を調べるに当たって都度引き返すのには、理由がある。対応する相手が、本来人間の手に負えない化け物だからだ」

テーブルに肘《ひじ》をつき、室長はゴツゴツとした大きな手に顎《あご》を乗せる。

「なにをしてくるか、どう応戦すればいいのか、正解が分からない。だから慎重に近づいてヒントを集め、怪異に気づかれる前に引き返す。単独行動は禁止、必ずふたり以上で。そして対策を練って万全を期してから、確実に仕留める。これが鉄則だ」

おっしゃるとおりで、私はあのカモシカの怪異と対峙《たいじ》したとき、どうしたらいいのか分からなくて頭の中が真っ白になってしまった。行動パターンや弱点が分かっていれば、もう少しくらい冷静に対処できただろう。

「小鳥遊はただ、鳥の〝警告〟が聞こえるというだけで、怪異に対しての戦力にはならない。軽率な行動はしないように」

「はい。これからは気をつけます」

再び深々と頭を垂《こうべ》れる私の横で、浅倉さんもぺこりとお辞儀をした。

「すみませんでしたー」

やはりあまり反省していなそうな態度で、浅倉さんは室長の前から立ち去った。私は少し、室長の前に留《とど》まる。

「あの……」

「どうした」

「その、鳥の〝警告〟が聞こえる、っていう、それ。妄言だと思わず、信じてくださるんですね」

　こんな非現実的で荒唐無稽《こうとうむけい》で、私自身もよく分からない現象をあっさり受け入れられて、拍子抜けしている。室長はまあ、と頷《うなず》いた。

「その手の能力自体は、過去にも例がある。鳥じゃなくて植物だったり匂いだったり、媒体は人それぞれだが」

　そしてこれまたあっさりと言う。

「体質的に自然と同調しやすくて、尚且《なおか》つ怪異に好かれる性分の人には、そういう能力が芽生えやすい。と、研究結果が出てる。全体で見れば希少だが、半年にひとりくらい、世界のどこかしらで見つかってる」

　私の能力は特殊ではあれど、彼らの業界ではさほど目新しいものではないらしい。

　新型特例災害対策室、略してシンレイ対策室。彼らは怪異を狩るために集められた、県の職員たちである。私をここに引き入れた浅倉さんも、そのひとりだ。

　浅倉さんの背中についていく。シンレイ対策室のこのオフィスには、大きな会議用テーブルがひとつと、それに向かって並んだ椅子が八つ、端っこには談話スペースとして、小さなテーブルとそれを挟んで向かい合うソファが置かれている。あとはパーテーションで区切られた向こう側に、研究室があるらしいが、新人の私はまだ覗《のぞ》いたことがない。

ソファには和装の男性が腰掛けている。年齢は室長よりもやや上くらいで、銀色がかった白髪が目を引く。彼はオーディオプレーヤーに繫《つな》いだイヤホンを耳に入れ、目を閉じていた。

浅倉さんが彼の横に座る。

「ねえ五十鈴《いすず》さん。なに聴いてるんですか?」

訊《き》きながら、和装の男性、五十鈴さんの耳から片方だけイヤホンを取り、浅倉さんはそれを自分の耳に入れた。

「落語だ!」

自由気ままな行動を取る浅倉さんにも、五十鈴さんは動じない。ただ無言で、音に集中している。

五十鈴一鐵《いってつ》さんは、元刑事らしい。かつて担当した事件を機に両目の視力を失い、警察を引退したそうだ。今はこのシンレイ対策室のメンバーとして、室長の補佐役に就いている。

噺《はなし》がツボに入ったらしく、浅倉さんは五十鈴さんに寄りかかって笑っている。私が困惑してソファの横で立ち尽くしていると、パーテーションの向こうから、凛《りん》とした声がした。

「出力完了、っと」

パタパタと足音がしたのち、彼女はパーテーションから顔を覗かせた。

「浅倉、陽世ちゃん。持ち帰ってきてくれた怪異の体液、簡易解析の結果が出たわ」

さらさらの長い黒髪の、キリッとした美人、七瀬《ななせ》詩織《しおり》さん。この人も、シンレイ対策室のメンバーだ。現場より分析を得意としていて、大抵パーテーションの向こうの研究室で怪異のデータを調べている。

七瀬さんはソファの背凭れに手を置き、落語を楽しむ浅倉さんを呆《あき》れ顔で見下ろした。

「室長に叱られてるようだったけど、全く落ち込んでないわね」

「浅倉さんはあんまり悪くないですから。今回のは、私のせいです」

私が苦笑いすると、七瀬さんはにこっと微笑んだ。

「じゃあ、太一くんが助かったのは陽世ちゃんのおかげってわけね。データ解析の結果によると、あの怪異、あと数時間もしてたら取り込んだ人間を溶かしてた」

「えっ。そうだったんですか！」

「もし引き下がってたら、太一くんは手遅れだったわ。ありがと、陽世ちゃん」

離れたところから聞いていた室長が、眉《まゆ》を顰《ひそ》める。

「それもそうなんだよな。だが今回はたまたま三人とも無事だっただけで、毎回そう上手《うま》くいくわけじゃない。まずは自分の身の安全を確保してだな」

「まあまあ室長、お説教はもう終わりでしょ？」

話の長い室長を、七瀬さんはさらっとあしらう。この大人の余裕に、私は惚《ほ》れ惚《ぼ》れした。こんなかっこいい女性になりたい。

そこへ部屋の扉が開いた。背の高い男性が、声を弾ませて入ってくる。

「グループチャット見たぞ！　新しいサンプルが入ったんだってな」

伸ばし気味の茶髪の隙間から金のピアスが煌《きら》めく、三十代ほどの男性である。引っ提げたレザーのアタッシュケースは、長く使い込んでいるのか年季が入って見える。

七瀬さんが解析結果の用紙を彼に突きつけた。

「いいところに来たわね、京介《きょうすけ》。ちょうど簡易解析結果を出したところよ」

彼は更科《さらしな》京介さん。この人もまた、このシンレイ対策室に出入りするひとりだ。更科さんは私もいることに気がつくと、ニヤーッと口角を吊《つ》り上げて、ソファの方へ駆け寄ってきた。

「陽世ちゃん。怪異に喰《く》われかけたんだって？　そのうちマジで喰われるぞ」

「縁起でもないこと言わないでください」

俯《うつむ》く私を横目に、更科さんはソファの背凭れにアタッシュケースを載せ、パカリと開いた。

「いや、これは未来予知。俺は霊能者だからね」

「えっ、更科さんって霊能者だったの⁉」

「うん。そんな君にはこれ！」

彼はそう言って、アタッシュケースから天然石のブレスレットを取り出した。

「このブレスレットが、怪異から身を守ってくれる。強い霊力のある貴重な石を使ってるから、実際は百万円は下らないんだけど、陽世ちゃんには特別に八十万で……」

「京介、そこまで。陽世ちゃんの不安を煽《あお》ってカモにするのはやめなさい」

七瀬さんが、更科さんのセールスを容赦なく遮った。

「ごめんね陽世ちゃん。こいつからなんか売りつけられそうになっても、絶対に財布出しちゃだめよ。見て分かると思うけど、こいつ、悪徳商人。金のことしか頭にない詐欺師」

「詐欺じゃねえよ。縋《すが》るものを必要としてる人に、ちょうどいい心の拠《よ》り所《どころ》を売る、善良なビジネスだろうが」

更科さんは舌を出してそっぽを向いた。七瀬さんが大きくため息をつく。

「霊能者ではないんだけど、これでも雑用の天才なのよ。私のパシリとしては、この世でいちばん優秀なのよね……」

「まあまあ。ともかく陽世ちゃんにはこのブレスレット、似合うと思うぞ。七十万に負けようか？」

　更科さんが懲りずに怪しい商品を薦めてくる。それを室長が、大きな声で窘《たしな》めた。

「更科あ！　お前、仮にも公的機関のメンバーなんだから、社会規範に背くような真似はやめろ！」

「俺は職員じゃなくて、協力員。民間人なんで」

　この人も浅倉さん同様、叱られても全然反省しない。そんな応酬をも、七瀬さんはさっぱりとあしらう。

「それより簡易解析の結果を見ましょうよ」

「お前もお前でフリーダムな奴だな、七瀬……」

　室長の困惑顔に、七瀬さんは手にした資料を室長に突きつけた。

「だって怪異の新情報ですよ!?　この謎に包まれたものを、愚直に解き明かす快感！　知識欲が刺激される！」

　七瀬さんは凜とした大人の女性なのだが、それと同時に好奇心の権化のような人だ。仮にも人類の敵である怪異にも、このとおり興味津々なのだ。

　室長が強張《こわば》った顔のまま、立ち上がる。

「その辺に置いといてくれ。あとで見る。これから本業に戻らなきゃならねえ。五十鈴、行くぞ」

室長に声をかけられると、五十鈴さんはイヤホンを外した。オーディオプレーヤーと浅倉さんをそのまま残して、彼らはオフィスを出ていった。七瀬さんが不服そうに唇を尖《とが》らせる。

「室長ったら忙《せわ》しないわね。本業が忙しいのは分かるけど」

浅倉さんがソファの背凭《せもた》れに腕を回して、私のほうを振り向いた。

「ピヨちゃん、どう？　ここの雰囲気には少しは慣れた？」

「はい、皆さん良くしてくださるので」

シンレイ対策室のメンバーは、誰も彼も個性が強い。話のくどい室長、寡黙な元刑事の五十鈴さん、怪異オタクの七瀬さん、自称霊能者の悪徳商人、更科さん。そして自由人の浅倉さん。最初は個々の癖の強さに戸惑ったが、今はだいぶ慣れてきた。特に面倒見の良い七瀬さんは、すっかり頼りにしている。

「でも未《いま》だに信じられないです。怪異なんて化け物がいて、それを狩る人たちがいて、私がそれにスカウトされるなんて」

突然ここに連れてこられ、七日。叩《たた》き込まれるようにたくさん勉強させられたが、まだ頭が追いつかない。

「県庁別館の地下に、化け物狩りのスペシャリスト集団……しかも一般には伏せられてる、秘密のチーム。こんな漫画みたいな展開、本当に現実？」

それを聞いて、更科さんが噴き出した。

「あははっ、たしかに特殊部隊っぽさがあるかも」

七瀬さんも、私の真顔を笑い飛ばした。

「だけど実際のところ、ただちょっとこの仕事に向いてる職員と、同じく向いてる協力的な民間人が寄せ集められてるだけよ。そんなかっこいいものじゃありません」

「ははは……私でも仲間入りできるくらいですし……」

私は苦笑いし、ソファに座る浅倉さんを窺《うかが》い見た。

県庁職員と民間人で構成された、化け物狩りの特殊部隊。そんなシンレイ対策室に、なぜこんな凡庸な大学生の私がいるかというと——それは、一週間前に遡《さかのぼ》る。

＊

「あ、あれ？　ここ、さっきも通ったかも？」

その日私は、父のお下がりのカメラを携えて、学校の裏山を彷徨《さまよ》っていた。大学の課題のために探鳥にやってきて、いつの間にか道に迷ったのだ。

「普段からよく来る山だからって、油断した。道、こんなに入り組んでたんだ。スマホも圏外だし、マップが使えない」

ピーヒュルル、と、甲高い声がした。ガビチョウだ。藪《やぶ》の中でよく見かける鳥で、囀《さえず》りが大きくて見つけやすい。特定外来生物に指定されている鳥だが、ウグイスやオオルリなどの他の鳥の囀りを真似する面白い鳥なので、私は結構気に入っている。

道に迷った不安も、鳥の声を聞くと、少し和らぐ。ガサガサと、木の葉が揺れた。藪から木へと移ったガビチョウの、茶色い背中を見つける。チョコレート菓子のような愛らしい姿で、口を大きく開けて鳴いている。私はそっと、カメラを構えた。ガビチョウはあまり人を警戒しないのか、こちらの姿が見えても気にせず歌っている。

と、その瞬間、キンと、頭に声が響いた。

――これより先には行かないで。

ガビチョウの鳴き声に、言葉が乗って聞こえる。ごく普通の囀りのはずなのに、なにか、私に向けたメッセージが届いてくる。

――危ない。

背中に汗が滲《にじ》む。私はくるりと方向転換して、来た道を戻った。

幼い頃から、私には時々、この感覚があった。野鳥の鳴き声に乗って、危険を知らせる声が聞こえるのである。

こういうときは、従うに限る。今までだって無視したことはないが、無視したらどうなるのか、試したくもなかった。

速歩きで道を戻っていくと、正面からスーツの男性が歩いてきた。こんな山の中で、スーツだなんて珍しい。山歩き用の装備もなければカメラも持っておらず、散歩という恰好《かっこう》でもない。

彼はすれ違いざまに私に会釈して、先を急いだ。ガビチョウの鳴く方へと、迷いなく歩いていく。私は胸がざわついて、咄嗟《とっさ》に、彼を呼び止めた。

「あの、そっち、行かないほうがいいですよ」

「なんで？　行き止まりとか？」

男性が立ち止まり、振り向く。引き止めておいて、私は言葉に詰まった。まさか、鳥に行くなと言われたからなどと言えば、妄言だと思われて不気味がられるだろう。

「危険なんです、多分」

曖昧《あいまい》な言葉で引き止めると、当然ながら、男性は怪訝《けげん》な顔をした。

「多分？」

「ええと、私自身もなにがどう危険なのか、見たわけじゃないんですが……」

ピーヒュルル、と、またガビチョウが声を轟《とどろ》かせた。再び、頭にアラートが響く。

——ここにいてはだめ。早く戻って。

咄嗟に頭を押さえる。変な汗が滲み出す。この先は危険だ、それだけは、分かる。

男性は不思議そうに私を見ていたが、やがてこちらに背を向け、ガビチョウの声のほうへと歩いていった。

「忠告ありがとう。それじゃ、君も気をつけてね」

「あっ、行くんですか!?」

男性はすたすたと歩いていく。ピーッと、ガビチョウが警笛を鳴らすように叫ぶ。

私はその場から呼びかけた。

「戻ってください。嫌な予感がするんです」

「僕がこっちに行きたいから、自己責任で行くだけ。君は戻ったらいいよ」

彼はひらひらと手を振った。

「というか、危ないって分かってるなら来ないでね」

「それはあなたも同じでは……」

男性はさっさと歩き去ってしまった。

ホーホー、と、キジバトの声がした。木々の隙間をメジロの群れが飛び跳ねる。ガビチョウが鳴く。鳥たちの声が、挙動が、全てメッセージに集約されていく。

――行くな。

「そっちはだめ」

おけない。

私は震える足で、男性を追いかけた。鳥たちが騒ぐ。それでも、あの人を放っては

聞こえるようになって初めて、私は鳥からのメッセージに逆らった。

「そっちに行かないで！　鳥が！　鳥が叫んでる！」

夢中になって、男性のスーツの背中を追いかける。

「鳥と話せるわけじゃないです。普段からなんて言ってるのか聞き分けられるわけでもなくて。ただ、危険が近いときだけ、訴えてきてるのが分かるんです！」

子供の頃から、鳥の専門医の父親に、探鳥へ連れて行ってもらっていた。小学生だった当時から、鳥たちの叫びが聞こえていた。仲間同士に知らせている警戒鳴きや、威嚇行動とは違う。私に対して、なにかを知らせている。「来るな」と訴えている——そんな感覚。

森はみるみる道が狭まっていった。野草や石で歩きにくさが増す。いつの間にか、スーツの男性を見失った。

ふいに、木々の隙間から、黒っぽい影が見えた。先程の人だろうと、早足になる。

「すみません、あの……」

そして木々を越えて初めて、「それ」が彼ではないことに気がついた。

森の大木ほどの、巨大な虫だ。カーブを描いた丸い飴色《あめいろ》の背中に、節のある脚、並

んだ赤い複眼。

「なに、これ」

鳥のざわめきが、ひと際騒がしくなる。私は目を見開き、動けなくなった。頭の中にふと、自宅にある殺虫剤のスプレー缶が思い浮かんだ。あの缶に描かれている虫に似ている。これは……ダニ？　いや、こんな大きなダニがいるはずない。虫の複眼が、一斉にこちらを向いた。そして頭が真っぷたつに割れて、中から無数のテグスのような糸が伸びてきた。

「えっ？　え、なに？」

狼狽《ろうばい》しつつも即座に動けず、私はただ、こちらに向かって伸びてくる触手らしきそれを見ていることしかできない。

この巨大ダニはなんなのか。鳥たちが警戒していたのは、これなのか。私はどうなるの。

と、突然、触手が私の鼻先で止まった。巨大ダニはいきなりひっくり返ったかと思うと、ビタンビタンと脚を痙攣《けいれん》させはじめた。

暴れる脚が、私の横の木を薙《な》ぎ倒した。私は咄嗟に屈《かが》んで木を避《よ》けた。バサバサと、鳥が逃げていく。

私は倒れた木の裏で、がくっと膝《ひざ》を折った。尻餅《しりもち》をついて、立てなくなる。怖い。

わけが分からない。

ひっくり返ったダニの腹の中心に、深い漆黒の穴があった。底なしの奥行きがあるかのような、まるで、ブラックホールだ。

ダニが暴れるほどに、触手が振り乱される。立ち上がれない。腰に力が入らない。助けてと、叫ぶ声すら出ない。なにも分からない。ただ、目の前の死の恐怖だけで頭がいっぱいで、私はぎゅっと目を閉じた。

パシュ、と音がしたのは、そのときだった。

そのまま数秒経って、なんの音も聞こえなくなった。恐る恐る、目を開ける。

私の前には、スーツの後ろ姿があった。

「危ないって分かってるなら来ないでねって、言ったのに」

硝煙の匂いがする。

呆然《ぼうぜん》とする私の前に立つ彼の手には、拳銃《けんじゅう》が握られている。そして彼越しに見える、崩れ落ちたダニの頭。呆《ほう》けているうちに、ダニははらはらと散って砂の山に変わり、もはや虫の形は見る影もなくなった。

心臓がバクバクしている。視界の情報に、頭がついてこない。起こった出来事全部、夢かもしれない。あの巨大なダニの化け物を、この人が砂に変えた？

ぽかんとする私をよそに、彼は無線機を取り出した。

「浅倉でーす。有野山《ありの》山中、怪異クラスC、始末完了しました。事前調査どおりヨリシロはマダニ、殺虫剤効きました」

浅倉。その名前が、やけに頭に残る。彼は無線機の通信ボタンから指を離した。

「だけどひとつ、問題発生」

ようやくちらりと、彼がこちらを振り向く。

「民間人一名、口止めしないといけなくなっちゃったなー」

座り込んだままで、私は彼を見上げていた。まだ動悸《どうき》が収まらない。と、無線機がザザッとノイズを発して、誰かの声を受信した。

「浅倉あ！　お前、今誰と行動してんだ！　五十鈴も七瀬も更科もここにいるが？」

「あっ、やべ。そうだった」

上司らしき男の怒声に、男性は肩を竦《すく》めた。音割れするほどの怒号が、無線機を通じて響く。

「どうせ地域振興課業務の視察だとかに託《かこ》つけて、独自に調査進めてたんだろ。単独行動は禁止！　どうしても狩りたければ相棒見つけてこい！　あと別業務中に銃を持ち出すな！」

「困ったな、室長ブチギレてる。どうにか乗り切る方法は……そうだな」

男性はうーんと唸《うな》って、なにか閃《ひらめ》いた。

「君、さっきから僕を追いかけてきてた人だよね。鳥の声がなんとかって」

「あ、聞こえてたんですね」

「それ、鳥が警戒音を発して仲間同士に伝え合ってるとかじゃないんだね？」

訊《たず》ねられて、私は口籠《くちごも》った。こんなこと、話したって誰も信じてくれない。変人扱いされるくらいならと、人に言わないようにしてきた。

だがこの状況では、器用に誤魔化せはしない。

「……頭に直接、『危ない』とか『来るな』って、響いてくるんです」

私はこの異様な状況に呑《の》まれて、問われるままに答えてしまった。男性がへえ、と、目を細める。

「君に向けて発信されてる……つまり、〝警告〟されてるんだ」

〝警告〟。これまで私が鳥から受け取っていた名もない感覚に、妙にしっくりくる名前がついた。

「私の言ってること、信じてくれるんですか？」

「そうだね。そういう能力を持つ人はいる。って、室長から聞いてるから。本物は初めて見たけど」

彼は私に言っているのか独り言なのか微妙な言い方をして、改めて、私と目を合わせた。

「ちょうどいいところにいたな、特殊能力者。これはもう、運命かな」

それから今度は体ごと、こちらを向く。

「あのね。この仕事、あんまり人に見られちゃいけないんだ。だから今見たものについて一生口外しないと誓ってほしいんだけど」

そして手にしていた拳銃を、すっと、私に翳《かざ》す。

「ついでに、僕と組んでくれない？」

冷たい銃口が、私の額に触れている。

数秒の沈黙が流れたあと、私は、ようやく声を発した。

「へ？」

「今すぐこの引き金を引いて、黙らせてもいいんだけどね。怪異を見つけるためには、君みたいな能力がある人がいてくれると、とっても心強い」

「怪異……？」

「ちょうど僕は、怪異を狩るための新しいバディを募集中でね……」

彼はそこまで話して、途中で説明を放棄した。

「ともかく、単独行動は禁止なの。だからひとまず、君と組んだ、って事実を作って解決に持ち込もうかなと。このまま帰せば誰に喋《しゃべ》るか分かんないし。ね、お願い」

「いや、その……」

変な汗が垂れる。なにしろ、銃口を突きつけられているわけで。

「これ『お願い』じゃなくて、『脅し』では？」

それが、私と浅倉さんの出会いだった。

＊

「陽世ちゃんも気の毒よね。ただバードウォッチングしてただけなのに、突然こんな変なところに連れてこられて」

七瀬さんが苦笑する。

「それもよりにもよって、浅倉のバディ。災難にもほどがあるわ」

「え、そんなに？」

「こいつのバディになって、半年もった人なんて……」

七瀬さんが途中で濁す。浅倉さんはイヤホンのせいで聞こえていないのか、ソファで楽しそうに落語に耳を傾けているばかりで、なにも言ってこなかった。

浅倉さんを始め、シンレイ対策室の県庁職員たちは、表向きは他の部署に属している。本人たち曰《いわ》く「本業」のそれと同時に、シンレイ対策室を兼務しているのだ。彼らは怪異討伐に向いている才能を見出《みいだ》された人たちで、上層部からの通達を受けて配属された。

　単独で怪異に対峙《たいじ》しないよう、彼らは必ずふたり以上で行動することが義務付けられた。だが、他の仕事と兼務しているという業務形態上、なかなか都合よく集まれない。そこで職員たちは、各々、土地の所有者や地元の警察官などと組むようになり、だんだん民間人とペアを組む形が定着していったそうだ。

　今では元から信頼関係のある人や、物理的に強い人、あるいはそうでなくても仕事の補佐役になって、尚且《なおか》つこの仕事について口外しない人を、相棒として据え置いているらしい。

　そうして室長は、昔から付き合いのある元刑事の五十鈴さんを。七瀬さんは、縁あって手を組んだ更科さんを。そして浅倉さんは、先日たまたま見つけた私を、バディとして迎えた。

「陽世ちゃんは今日が初現場だったのよね。どうだった？　一週間のお勉強の成果は」

　七瀬さんに問われ、私は鞄《かばん》の中から顔を出すリングファイルに目を落とした。

「机の上で勉強するのと、現場で本物を見るのとでは、全く違います……」

　分厚いリングファイルの表紙には、『新人育成用マニュアル（基礎）』のラベルが貼り付けられている。これを渡されて勉強して、怪異について理解したつもりではあるが、非現実的すぎて、まだ夢を見ている心地だ。

混乱気味の私を、更科さんが宥《なだ》めるように言った。

「それが普通の反応。いきなり教えられたって戸惑うよな。怪異の存在も、この対策室の存在も、一般には伏せられてんだから」

私はマニュアルを開いた。『怪異とは』のインデックスが貼られた、一ページ目を開いてみる。

怪異という呼び名は、あくまで通称。正式文書では『新型特例災害』と表記される。生物の死骸《しがい》が化け物になる『現象』である。

怪異を生み出すのは、人間の持つ面倒な情念、俗に言う『瘴気《しょうき》』である。目には見えない、強い悲しみや深い憎しみ、執着、偏愛、祈り……そういう歪《いびつ》な想いのことを瘴気と言うそうだ。

人の内側から際限なく発生していながら、発散できるやり場がない、こんな念が積もり積もって、やがて強大な呪いになる。これが生物の死骸に宿ると、怪異となる。

研究が進む前までは、怪異は、菌類によって起こる死骸の突然変異と考えられていた。しかし世界じゅうで集められた研究データにより、怪異はまさに『怪異』、オカルトに近い存在であると証明された。

「こんな非科学的なものを、公的機関が受け入れてるなんて……」

ホラー映画かなにかみたいで、頭がくらくらする。浅倉さんが、イヤホンをつけたままこちらを振り向く。

「ピヨちゃん知ってる？　全身麻酔のメカニズムって、未《いま》だ解明されてないんだよ。でもちゃんと効くから医療現場で当たり前に使われてるでしょ」

のほほんとした口調で、彼は言った。

「これもそんな感じ。根拠はないんだけど結果が合ってるから、そういうものとして受け入れてるんだ」

ここにいる彼らも、意味不明だとは思っているのだ。そのうえで事実として、現実として、認めているのである。

信じがたいが怪異が彼らの解釈どおりならば、とんでもなく気持ちの悪い存在である。精一杯生き抜いた生き物の体を、漠然としたなにかが無理やり動かし、化け物へと変えている。それは生命への冒瀆《ぼうとく》だ。亡骸《なきがら》が操り人形にされるのは、悲しいし、気分が悪い。しかもそれが生きた人間を喰《く》うとなると、一層憎たらしい存在である。

七瀬さんがぽんと、会議テーブルの椅子に腰掛けた。

「陽世ちゃんがちゃんとお勉強してるか、テストするわよ。はい問題。怪異について現時点で判明していることは五つ。全て答えよ」

抜き打ちテストが始まって、私はわたわたと慌てながら答えた。

「ええと、まずひとつ目。怪異は人間に近づくために、人間に擬態する」

怪異は本来、まんま化け物の姿をしている。ヨリシロの生き物の面影をほんの少し残しながらも、ひと目で危険と分かる不気味な外見を持つ。しかし彼らは、そのなりを潜めて、人間に化けることがある。七瀬さんが頷《うなず》いた。

「正解。人を喰えば喰うほど、より精度が上がって人間そっくりになる。人間社会に紛れ込む、厄介な怪異に成長していく」

研究によると、化け物の姿のまま彷徨《さまよ》う怪異と、人に姿を変える怪異とでは、糧にした人の数が明らかに違うという。

つまり怪異は、死骸から怪異化したばかりの頃はシンプルに化け物の姿をしているが、人を喰って学習した怪異は、人間の中に紛れ込むのである。

怪異オタクの七瀬さんは、楽しげに補足する。

「人間に化けるのは、あくまで人間を自分のフィールドに誘い出すための手段。喰うときは、元の姿に戻る」

「フィールドに誘い出す……そうだ」

私は人差し指と中指を伸ばした。

「ふたつ目。怪異は、人間の団体を嫌う」

怪異は人間を喰うが、人間がたくさんいる街中で大暴れした例はない。理由はまだ判然としないが、怪異は人目につかない場所で、少人数の相手しか襲わないのだ。

横で聞いていた更科さんが、意地悪く笑う。

「そのとおり。つまり人が滅多にこない林の中でひとりで探鳥してると、怪異に標的にされる」

「そう。だから陽世ちゃんは怪異を寄せ付けやすいだけじゃなくて、怪異のフィールドに自ら飛び込んでるのよ。〝警告〟が聞こえる体質で良かったわね」

七瀬さんまでちょっといたずらっぽい言い回しをした。青くなる私を横目に、更科さんがソファの背凭《せもた》れに寄りかかる。

「生憎《あいにく》、この辺は怪異災害が発生しやすい環境なんだよな」

「あっ、これが三つ目ですね。怪異は特定の地域に、集中的に発生する」

私は更科さんの発言をヒントに貰《もら》い、回答した。全国的に見て、うちの県は怪異災害が多い。これはどうやら、地形が関係しているらしい。

七瀬さんが満足げに頷く。

「そう。うちの県には、霊山があるから」

県庁別館の展望台からもよく見える、『霊山』。標高が高く美しい佇《たたず》まいは、太古の昔から神様が住む山だと信じられてきた。私は虚空を見上げ、首を傾げた。

「神様が実在するかどうかはさておき、霊山は神聖な場所として怪異が嫌がりそうな印象ですけど……」

「そのとおり。霊山自体は、怪異を消し飛ばすほど神聖な空気が流れてるわ」

七瀬さんが脚を組み直す。

「神様とはつまり、人の祈りが集まった、情念の塊といった概念なの。積もり積もった人々の念、神を相手に、そこらの化け物風情は太刀打ちできない」

スピリチュアルすぎて私にはあまり馴染《なじ》みがない話だが、自分なりに解釈してみる。

パワースポットというのは、人の念が集まる場所で、念が集まるからそういう力が働く。そんな循環が起こる場所であり、怪異はそれを嫌う。

「その一方、信仰未満の人間の身勝手な祈りは、とても穢《けが》れたものなの」

七瀬さんがゆっくりとまばたきをする。

「神様を敬う心じゃなくて、自分が助かりたいだけの独りよがりな願い。こういう感情は、純粋な信仰とは正反対。ただの瘴気よ」

祈りは時に、呪いになる。長い歴史の中、山の神々へ向けた人々への想いは、積もり積もって、怪異の生まれる空気を醸成させた。これが「陰」の存在である死骸に吸い寄せられ、死骸をヨリシロに、怪異が生まれる。

「こういった瘴気から生まれた怪異が、神聖な山を避けて、麓《ふもと》の平地に流れていく。だから世界的に見ても、信仰の対象となるような山の周辺は、怪異が多くなる」

「結局、怪異の正体って、人間の心から発生したものなんですね……」

「ついでに、霊山の周辺の樹海は昔から自殺者が多くてね。瘴気が溜《た》まりやすいの」

七瀬さんが付け足す。聞いていた更科さんが、こくりと頷いた。

「そんなわけで、霊山に面してる都道府県は、他所《よそ》に比べて怪異災害が起こりやすいってわけ。対策すんのは行政の仕事な」

「警察とか、自衛隊の仕事じゃないんですか？」

「いや、これはあくまで『環境保全』なんだとさ」

私の疑問に、更科さんはあっさりと答えた。環境保全……まあ、そうだと言えばそうかもしれない。

「それでこの、シンレイ対策室、ですか」

こんなフィクションみたいな話は、聞いてもやはり映画でも観ている気分で、なかなか呑《の》み込めない。私はしばし考えてから、訊《たず》ねた。

「怪異なんていう脅威が存在してるなら、一般にもちゃんと注意喚起したほうがいいんじゃないですか？　それぞれが対策していれば、被害も減るじゃないですか」

「それはだめね。世界的に、公表はしない決まりになってる」

七瀬さんがばっさりと切り捨てた。

「怪異は個体ごと、外見も行動パターンも違う。私たち対策室だって、怪異に気づかれないように地道に調査して、やっと太刀打ちできるの。一般の人たちにはどうしようもない。それどころか、化け物の存在を公的機関が発表したら、混乱を招くだけ」

「そっか。好奇心でわざわざ怪異を探しにいく人とか、出てきそうですしね」

「いつか対策方法が確立して、他国とも足並みが揃ったら、一般にも公表するかもね。さっきも話したとおり、まだ研究段階だから、行政も慎重になってるの」

七瀬さんはふう、とため息をついた。

「怪異が発生しだしたのは、ほんのここ数年だもの。データが足りないのよ」

私はあれ、と、首を捻《ひね》った。怪異の出現は、ここ数年。でも私に鳥の〝警告〟が聞こえていたのは、小さい頃からずっとだ。鳥たちは怪異以外の危険も察知して教えてくれていた、というわけか。

考えていると、ソファからぽそっと、声がした。

「ここ数年なんかじゃないよ。怪異は、昔からいた」

浅倉さんだ。相変わらずイヤホンをつけたままだが、彼は意外にも真顔だった。私と七瀬さんを上目遣いで見ている。

「人の姿をして風景に紛れ込んでいるから、一見しただけじゃ分からなくて、気づかれなかっただけだよ。ずっと昔から、潜んでた」

七瀬さんは数秒、無言で彼を見下ろしていた。それからまた、私に向き直る。

「浅倉曰《いわ》くそうらしいんだけどね。公的に発見されて研究が始まったのは、ごく最近。

発生の起源はまだ解明されてないけど、大手研究機関の見解では、新型ウィルスによる世界的パンデミックが関係してるんじゃないかって言われてるわ」

「新型ウィルスが出てくるより前からいたよ」

浅倉さんがイヤホンを外した。ソファから立ち上がり、伸びをする。

「用事を思い出した。僕もそろそろ行くね」

マイペースな彼はそう言って、オフィスから出ていった。残された私は、閉まった扉を見ていた。

怪異がいつから発生したかはさておき、少なくともここ数年で存在が明るみに出て、その危険性に警鐘が鳴らされた。そうして緊急で寄せ集められた対策メンバーが、ここにいる人たちなのだ。

七瀬さんが話をしがてら、ジャケットの内側に手を入れた。

「一般人には対策のしようがない、っていうのはね」

ジャケットから引き抜かれた彼女の手には、拳銃《けんじゅう》が握られていた。

「怪異に立ち向かえる武器が、現状、これしかないの」

銃などという危険物が突如目の前に現れると、私は反射的に緊張した。

「それも不思議なんですよ。怪異ってこう、オバケ的なものなのに、なんで物理攻撃で応戦するんですか？」

漫画や映画なら、陰陽師《おんみょうじ》などの霊的な力を持った主役が魔術的な異能力で退治するイメージなのだが、浅倉さんも携帯していたとおり、ここの人たちは銃を使うのである。そう思った私の心の中を覗《のぞ》いたみたいに、七瀬さんは答えた。

「厳密には、物理攻撃じゃないのよ。これもある意味、霊的な波動を用いた武器。怪異を消し飛ばす、霊山の力を借りた銃だから」

「うーん、両手を合わせて『破！』みたいなのは？」

「魔法でオバケ退治をする人間なんて、現実にはまずいない。自称してる奴がいたら殆《ほとん》どが漫画の読みすぎか詐欺師。行政がお金出して委託するほど、信頼に足らない」

「あ、はい」

私はちらっと、更科さんに目をやった。更科さんはニッと口角を吊《つ》り上げるだけで、なにも言わない。七瀬さんの色素の薄い瞳《ひとみ》に、銃のシルエットが映り込む。

「そんな自称霊能者なんかに頼るより、過去数年の研究成果のほうがよっぽど信頼できる。この銃は、これまで研究されてきた怪異のデータから算出された、最も怪異に有効な武器なの」

私は再度マニュアルに目を落とした。

「これが四つ目ですね。怪異共通の対処法。専用の武器で、『目』を潰《つぶ》す」

インデックスを貼られた『基本的な対処法』のページを開くと、そこに銃の有用性が記されていた。

　怪異は個体それぞれ、形も行動も違うが、共通する弱点が目である。目といっても目玉という意味ではなく、台風の目に近いニュアンスだ。怪異の、核となる部分のことである。そこには大量の瘴気《しょうき》が蓄えられており、塗り潰したように真っ黒な闇を湛《たた》えている。

　シンレイ対策室職員に貸与される銃は、対怪異用として最適化されている。銃弾には瘴気を打ち消す霊山の花崗岩《かこうがん》と霊山の天然水が含まれており、怪異の目にそれを撃ち込めば、ほぼ百パーセント怪異を撃破できる。だそうだ。

「霊山から採掘された素材が含まれていて、尚且《なおか》つ怪異の目を貫けるものなら、ナイフでも槍《やり》でもなんでもいい。けど、怪異に近づきすぎずに狙撃《そげき》できるという点で、遠距離射撃が可能な銃が主流なの。銃声がしたら周辺の人が驚いちゃうから、サイレンサーは標準装備ね」

　七瀬さんが拳銃をしまう。

「ただし怪異は、一度でも自分に敵意を向けられたら、危険因子と判断し、確実に喰《く》う。だから失敗は許されない。怪異に気づかれた時点で、もう、狩るか喰われるかの二択しかない」

　私はひゅっと息を呑んだ。怯《おび》える私に、七瀬さんは優しい声で付け足した。

「短期決戦で確実に仕留めないと、こっちが死ぬの。ね、入念に準備して確実に勝つために、調査に時間をかけるのも無理はないでしょ」

彼女はにっこりしていたが、私は血の気が引いていた。カモシカの怪異が、再び頭の中に浮かぶ。私の呼びかけで、あの怪異に気づかれた。浅倉さんがいなかったら、私は「喰われる」の一択だった。

「そして、怪異の存在を一般に伏せる最大の理由は、私たちの保身ね」

長い睫毛《まつげ》を伏せ、七瀬さんは言う。

「こうして怪異狩りのために策を練っている人間がいる、と怪異に察知されたらまずいのよ。人間は怪異にとって餌でしかないけど、その餌の中に脅威が混じってると気づいたら、真っ先に脅威な餌から殺しに行くでしょ」

「あっ！」

怪異にとって最も都合が悪い存在なのは、このシンレイ対策室である。人間を上回る力を持つ彼らが、こちらの対策を先回りして襲ってきたら、勝ち目がない。

「だから自分たちの身の安全のためにも、この部署の存在は外部に漏らしてはいけないの。無関係の人にバレて、巡り巡って怪異に知られたら一網打尽だからね」

「こ、怖……」

ぞわっと、鳥肌が立った。ここにいるだけで命懸けではないか。

「私はたまたま浅倉さんに拾われたけど、もしこの体質がなくて、浅倉さんにとって利用価値がなかったら……口止めのために殺されてたのかな」

銃口の感触を思い出して震えると、七瀬さんは可笑《おか》しそうに笑った。

「まさか！　流石に殺しはしないわよ。銃口突きつけるのは、攻撃されると反撃する怪異の習性を利用して、陽世ちゃんが怪異じゃないか確かめてるの」

それに更科さんが同調する。

「周りに大勢人がいれば、大勢を味方にしたほうがいいから擬態を解かずに被害者ぶるんだけどな。一対一、まあ少人数相手なら、喰ったほうが早いから化け物に戻る」

「あ！　なるほど」

膝《ひざ》を打つ私に、七瀬さんはにこっと目を細めた。

「銃を向ければ、人に化けた怪異じゃないか確認できるし、人間であれば脅しになる。一石二鳥ね」

「納得……ですけど、ただの脅しだとしても銃を向けられたら拒否権ないですよ」

私もバカ正直に応じてしまったわけだが。私はさらに質問を重ねた。

「人間同士が秘密を守っていても、怪異が狩られたら、他の怪異が気づくんじゃないですか？　仲間が殺されたとなったら、誰がやったんだ、って調べたりとか」

これには、更科さんが答えてくれた。

「いや、怪異は自分基準で行動していて、仲間意識はない。他の個体が死んでも気がつかねえよ。奴ら、所詮死骸《しょせんしがい》が動いてる、それだけだからな」

はっきり言い切る彼を見て、私はハッとした。

「怪異について判明してること、五つ目！　怪異に意思はない。人に近づいてくるのも攻撃するのも、あくまで本能。表情があるように見えても、それは人を惑わすための『筋肉の反応』でしかない」

「京介、これ抜き打ちテストなんだから、陽世ちゃんにヒント与えるのやめてよ」

七瀬さんが唇を尖《とが》らせる。

例えばあのカモシカの怪異。巫女《みこ》の姿で祠《ほこら》の掃除をしたとしても、祠をきれいにしようという意思はないし、呼びかけに反応して笑いかけてきたとしても、こちらに友好的なわけでもない。感情があるかのような振る舞いをしたほうが、人間の同情を買える。そう学習して、機械的に行動しているだけ。ますます気味が悪い。

七瀬さんに叱られた更科さんは、あまり気にせず続けた。

「そんなわけで幸い、怪異同士にコミュニケーション能力はない。だから別の怪異が狩られても、それが誰にやられたのか知ろうとはしないし、怪異同士で情報を共有し合うこともないんだ」

「よかった……」

私が胸を撫《な》で下ろすのを、七瀬さんは複雑そうな顔で見ていた。

「どうなのかしら。感情はない、と分析されてはいるけれど、それはあくまで机上の空論でしょう。誰がなにを考えてるのかなんて、人間同士でだって分からないものだし、こればっかりは怪異の身になってみないと断言できなくない？　大体怪異って、人間の情念の塊なのよ？」

「七瀬ちゃんはこの説に懐疑的だよなあ」

更科さんが呆《あき》れて肩を竦《すく》める。それでも七瀬さんは、真剣な顔で主張する。

「だって自分に敵意がある相手を理解してるのよ。攻撃される恐怖とか、怒りとか……そんな感情があるんじゃないかしら」

「どうだろうな。それも生存への執着、本能的な行動のひとつじゃねえの？」

更科さんは真面目に取り合わない。七瀬さんはむすっとむくれて、先程印刷した解析結果を手に取った。

「こういう分からないことを知るためにも、データ収集していくしかないのよね。怪異を狩れば狩るほど、データは集まる。これを次に活《い》かすのが、私たちの仕事」

七瀬さんは手にした解析結果を、更科さんに手渡した。

更科さんが解析結果を読みはじめる。私もソファの背凭《せもた》れに手を置いて、更科さんと一緒に、初めて見るその書式を覗《のぞ》き込んだ。

浅倉さんが撃ち抜いた、あのカモシカの怪異のデータである。

『サンプル：槻綴地区区画六林内採集・クラスB』

怪異は、発達レベルに応じて三つのランクに分けられる。

発生して間もない怪異は、クラスC、不完全ながら人の姿を模倣するのがクラスB、完璧《かんぺき》に擬態して会話もできるのがクラスAである。

クラスCは、人に擬態はしない。化け物の姿のまま、発生地域の周辺を放浪しているものを差す。私と浅倉さんが初めて出会った日に見たマダニの怪異は、巨大な化け物ではあったが、人間に化けてはいない。あれが、クラスCなのである。

そのクラスCが人を多く喰って成長すると、クラスBになる。人間の姿を真似するようになり、自分のフィールドを出て、人間の住む地域に近寄ってくる。この解析結果に書かれるカモシカの怪異がこれだ。あれは巫女の姿に擬態して、人に話しかけられるのを待っていた。後ろ姿だけなら普通の人間に見えたけれど、動きも表情も人間のそれではなく、会話もできなかった。

さらにこの上がクラスA。ここまで来ると厄介で、完全に人間の営みに紛れ込むのだそうだ。親しい人に化けてターゲットに近づいたり、ひとりの人間として自然に接点を持ってきたりする。

……というのも、一週間の勉強漬けで学んだことだ。

解析結果が、機械的に事実を告げる。

『ヨリシロ：カモシカ』『擬態：巫女装束の女』

「過去のデータにも、同じようなタイプの怪異はいくつか見られたわ。廃神社などの目印になる場所を起点に決めて、その周辺で、道に迷う人を待ち伏せする怪異」

七瀬さんが髪を耳にかける。

「過去のものと同様だとしたら、話しかけさえしなければ向こうから行動することはない。かなり対策しやすい怪異ね」

怪異に見つかる前に情報を持ち帰り、過去の似たような案件と比べて対策を練る……というのは、こういうことなのだ。

七瀬さんはさらに先へと進めた。

「で、ここからが面白いの。浅倉が持って帰ってきた怪異の体液の解析結果。母体と分裂個体それぞれ持ち帰ってきてくれたけど、成分が微妙に違うのよ」

だんだんと、七瀬さんが早口になってきた。

「母体の方は人を取り込んで十三時間かけて意識を奪い、その後二時間かけて体内で溶かして自分の一部にするんだけどね。分裂個体の方にはその機能がなくてこっちはあくまで人を釣るための提灯《ちょうちん》、人間を捕らえて母体へ運び込むための手足のようなものだったの」

「あの体液からそんな詳しく分かるんですか!?」

私が目を丸くすると、更科さんがこちらを見上げた。

「うん。特に目から採集できる黒い泥状の体液は、生物でいうところのＤＮＡ情報みたいのが詰まってんだ」

「怪異の見た目を再現した、ＡＩ画像も作れるのよ」

七瀬さんがしたり顔をする。浅倉さんがあの体液を試験管に詰めていたのを見たときはなにをしているのかと驚いたけれど、全うな理由があったのだ。

「これはまだ簡易解析の結果ね。より精密な解析は、研究機関を通して時間をかけて行われる。それが進めば……」

七瀬さんの声のトーンが、少し下がった。

「太一くんの前に喰《く》われた、過去の犠牲者の凡《おお》よその人数が分かる」

ぞくりと、背すじが粟立《あわだ》った。そうだ。私は浅倉さんがいたから助かったし、太一くんも運良く間に合っただけで、それより前に喰われてきた人たちがいる。

あのブラックホールのような目が、脳裏を過《よ》ぎる。道に迷ったところでようやく人に出会い、安心した矢先、わけも分からないうちに化け物に喰われる。そんな恐ろしい目に遭った人たちが、間違いなくいるのだ。

青ざめる私に、七瀬さんが柔らかな声で語りかけた。

「今回、この怪異の居場所を特定したの、陽世ちゃんなのよね？」

「はい」

「すごいわね、鳥の〝警告〟が聞こえるなんて。本物の超能力者だわ」

一週間前のあの日、浅倉さんは私を拾った。たまたま居合わせた私が、〝警告〟が聞こえる特殊体質だったからだ。

「たしかにちょっと珍しい能力かもしれませんが、これ、役に立つんでしょうか」

ぽつりと、私は本音を零《こぼ》した。

「私にできることなんて、場所の探知くらいしかないんです。第一、鳥がいなかったら、全くの役立たずですよ。私は戦力になるほど強くもないし、皆さんみたいに長い付き合いの信頼関係もない……」

浅倉さんが私をここへ連れてきた理由は多分、特殊な体質より、彼の事情の上で都合がよかったからだ。こんな限定的な能力なら、あってもなくてもあまり変わらない。言ってみれば私は、巻き込まれただけなのだ。

「そもそも怪異なんて、怖いです。私だって今までみたいに、知らずに暮らしてる側の一般人でいたかった……」

今更な泣き言を漏らす。七瀬さんと更科さんが、顔を見合わせた。

「これは……やっぱりこの子、向いてないわね」

「マジで喰われるかも。浅倉、これ庇《かば》うの結構骨が折れんじゃねえか？」

ふたりはひそひそと、それでいて私に聞こえるように言う。そして同情の目でこちらを向き直り、優しく語りかけてきた。

「いきなりこんなわけの分からない部署に放り込まれて、化け物相手にしろなんて、普通、嫌よね」

「陽世ちゃんはまだ来て一週間で、今日が初の現場だろ。この段階ならまだ、解放してもらえるぞ。口外しない誓約書を書かされて、多少監視されるようになるけどな」

「え、今からでも拒否権あるんですか？」

「あるよ。なかったらヤベーだろ」

あっさりと言われて、私は目を丸くした。怒濤《どとう》の流れに押し流されそうになっていたが、まだ逃げ出せるらしい。

頭の中に、怪異の姿を思い浮かべる。ドロドロのカモシカ、異常な大きさの虫——冷静に考えて、平和に生きる普通の大学生である私が、あんな化け物に立ち向かう理由なんかない。探鳥中に〝警告〟が聞こえたら逃げる。逃げれば、あいつらに襲われずに済むのだから。

「次に浅倉さんと会うとき、相談します」

私は小さな決心を固めた。たった一週間でも先輩たちにはお世話になったが、私はやはり自分の命が惜しい。次に浅倉さんに会うのは明日《あした》以降だろう。それまでにどう切り出すか、考えておこう。

七瀬さんと更科さんは顔を見合わせ、仕方ない、といった顔で頷《うなず》いた。それから七瀬さんが、再びこちらを向く。

「ねえ陽世ちゃん。さっき私、ここのことを、この仕事に向いてる職員と民間人の寄せ集めだって言ったの、覚えてる？」

一方で私は、向いていないとばかり言われ続けている。七瀬さんが脚を組み直す。

「『向いてる』人、つまりここに集められた私たちには、共通点があってね」

「はい」

「全員、突き抜けてメンタルが強いのよ」

「……はい？」

七瀬さんは、大真面目な顔で私に向き合っていた。

「怪異が好む負の感情が、あんまり発生しない。あってもすぐ忘れたり、切り替えたりする。我慢してるとかじゃなくて、素で」

陰鬱な空気には、怪異が寄ってくる。それがほぼないから、この人たちはこの仕事に「向いている」というのか。

ぽかんとする私に、七瀬さんは相変わらず真剣な顔で、指を折った。

「本当よ？　切り替え上手の室長、自信家の五十鈴さん、自分目線優先の私、バカの京介」

と、そのとき。バンッと扉が開き、浅倉さんが戻ってきた。

「ピヨちゃんまだいるー!?　ケーキ！　ケーキ買ってきた！」

「ケーキ!?」

突然の甘い誘いに、私は勢いよく振り返った。浅倉さんは洋菓子店の箱を掲げ、無邪気に目を輝かせている。

「ほら、『お茶に合うスイーツのセット売り』って案を出してくれたでしょ。提携できそうなお店を思い出したから、様子見ついでに買ってきた」

「さっき思い出した『用事』って、ケーキ買いに行くことだったんですか!?」

私はもう、ケーキの箱に釘付《くぎづ》けだった。白い箱にプリントされた赤いロゴマークが、胸を躍らせる。

七瀬さんが、五本の指の最後の一本を折り曲げた。

「叱られようと死にかけようと、己の道を行くド根性。ポジティブ自由人の浅倉」

ソファに挟まれた真ん中のテーブルに、浅倉さんが箱を置く。

「県外からもわざわざ買いに来る人がいる、人気のお店のケーキだよ。ピヨちゃんへのお礼の気持ちとして買ってきたんだ」

にこりと微笑まれ、私は肩を強張《こわば》らせた。今まさに、協力員から解放されたいと考えていたところなのに。そんな私の顔を見て、浅倉さんは一層嬉《うれ》しそうに笑った。

「今日はピヨちゃんの初現場、デビュー記念日だしさ。特別な日に、特別な人には、ケーキだよ」

　こんなことを言われたら、辞めたいだなんて、言い出しづらい。

　七瀬さんと更科さんが、また、顔を見合わせた。

「わざとね。陽世ちゃんが乗り気じゃないの分かってるから、こういうことする」

「逃げられたらまたバディ不在になって動きづらくなるからって、必死だな。口説き方も卑怯《ひきょう》なんだよ」

　ふたりにどう見られようと、浅倉さんは怯《ひる》まない。

「卑怯だってさ。更科さんに言われちゃ世話がないな。ほらピヨちゃん、捻《ひね》くれた先輩たちの言うことなんか気にせず、ケーキを楽しもう。好きなの選んでいいよ」

「あ、ありがとうございます。けど浅倉さん、甘いもの苦手なんじゃ？」

「うん、僕は食べないよ。代わりに推しの茶農家さんのつゆひかりを淹《い》れる」

　結局私はこの日、浅倉さんにパートナー解消について、切り出せなかった。

第三章　アオサギは忠告する

カフェラテの甘くほろ苦い香りがする。

「お勉強ですか？」

行きつけの喫茶店『猫の木』のマスターが、私に声をかけた。私は手にしていた『新人育成用マニュアル（基礎）』から目を上げる。

「はい。これがなかなか、頭に入らなくて……」

大学の授業は午前で終わり、今日はバイトの予定もなし。空いているこの時間に、私はここへ寛《くつろ》ぎに来た。海辺に建つ小さなこの隠れ家的喫茶店は、今は客は私だけ。カウンター席で、マスターを独占している。

カフェラテを飲みながら、マニュアルを読む。新人のために作られたこの資料は、怪異に関する基礎知識が、内容ごとに整理されてまとめられている。

怪異の存在が明るみに出て数年。怪異調査、討伐の役割は、『環境保全』という名目で、行政に割り当てられている。土地によって怪異の出没頻度が異なるため、都道府県ごと、対策室の規模はまちまちだそうだ。我が県は怪異が発生しやすいが、慢性的な人手不足のため、民間との協力で補っているとのことだった。

マスターはカウンターの向こうで、コーヒー豆を挽《ひ》いている。心地よい音を聞きながら、私はぱらぱらと、ファイルを捲《めく》った。

『怪異が人間以外の生物を襲った例は、現在まで、報告がない』

怪異は人を喰《く》うごとに学習能力が高くなり、人間に近づくための擬態を行うようになる。人間を自分の一部に取り込むことで、人間に近づいていく……だから人間だけを襲うのだろうか。

『怪異を確実に仕留めるには、有効な素材を用いた武器で目を突く必要がある。しかし急所を見せない、あるいは動き回って狙いを定められない場合が殆《ほとん》どであり、容易には敵《かな》わない』

相手は確実に人を上回る化け物で、急所は目のみ、攻撃手段も限られている。こんなものとどうやってまともにやり合えというのだろう。絶望しながら次のページを捲り、私は手を止めた。

『ただし怪異はヨリシロに依存する。すなわち、ヨリシロの弱点が怪異の弱点となる』

ヨリシロとは、怪異の原型となる生き物の死骸《しがい》のことだ。マダニの怪異を思い浮かべる。そういえばあのとき、浅倉さんはスプレー缶を持っていた。

あの怪異はその呼び名のとおり、ヨリシロがマダニだ。つまりダニに効く殺虫剤をぶっかけると、急激に弱るのだ。

私を襲ったあの怪異は、一度私に攻撃しようとしたが、直前でひっくり返ってもがいていた。あれは浅倉さんが、怪異に向けて殺虫剤を噴霧したからだったのだ。

マニュアルによると、怪異が大人数の人間を避けるのも、ヨリシロに起因しているという説が有力らしい。野生動物が人間を恐れるように、怪異も人間に近づかない。ただし相手の数が少なくて、怪異自身のほうが有利である場合は、餌と見做《みな》す。

カフェラテをひと口啜《すす》る。柔らかな口当たりと優しい甘さで、ほっと、肩の力が抜ける。

「おいしい」

「頭を使う場面ほど、甘いものがおいしくなります」

マスターはそう言うと、私の前にクッキーの載った小皿を置いてくれた。猫の形に型抜きされたクッキーは、バニラとココアの二種類で、まるで白猫と黒猫である。

「わ、かわいい！」

「いつもいらしてくださるので、サービスです」

「ありがとうございます！」

マスターは猫が好きなのだそうで、こうしてメニューにちょこっと猫を交えてくる。怪異のことを考えていると体が硬くなるが、マスターが程よく緊張を緩めてくれる。

マニュアルのページの端に、ひと口コラムが載っている。

『田畑を荒らす獣をヨリシロとした怪異は、電気に弱い傾向がある。野生動物、特にカモシカは特別天然記念物で、人が直接駆除してはいけない生き物。こういった生き物が田畑を荒らさないように、電気柵《さく》で対策する場合が多いためと見られる』

カモシカのときは、浅倉さんはスタンガンを持っていた。あの時点ではまだ初期調査段階で、ヨリシロがなにか、分かっていなかった。

でも浅倉さんは、あの林にカモシカを含めた野生動物が多いことを知っていた。それがヨリシロになっている可能性は高いと予測はできる。怪異のヨリシロを特定せずとも、想定だけしておき予《あらかじ》め準備していた、ということか。

私はクッキーを齧《かじ》り、呟《つぶや》いた。

「なるほど……恐ろしい人だ」

浅倉さんはなんとなく、底しれない感じがする。人懐っこく無邪気な表情を見せておきながら、腹の中には怪異を確実に殺すための算段があるのだ。

しかし裏表が激しいということもなく、のほほんとした雰囲気も妙にユーモラスなところも取り繕っている様子はない。根っこが明るい人だから、あのシンレイ対策室に抜擢《ばってき》されたのだ。

彼を始め、あそこの人々は底抜けにポジティブな人たちだ。私は逆立ちしてもああはなれない。

マニュアルは鞄《かばん》にしまった。次こそ、浅倉さんと会うときに、辞める意思を伝えよう。化け物狩りなど早く忘れて、普通の大学生に戻るのだ。

マニュアルに代わって、スマホを手に取る。画面にメール受信の通知が来ている。通販サイトからの、おすすめ商品の宣伝メールだった。カメラメーカーの名前とともに、機材が紹介されている。

「八百ミリの単焦点……！」

「ふむ？」

マスターがこちらを向く。私は彼に、スマホの画面を向けた。

「超望遠のカメラレンズです！　遠くの鳥も、きれいにズーム撮影できるんですよ」

私のカメラは、お父さんのお下がりの一眼レフカメラである。三百ミリの中望遠レンズを取り付ければ、庭木の小鳥くらいなら、それなりにいい写りで撮影できる。

しかしこの焦点距離では、限界がある。例えば電線にスズメがとまっているとして、それを地上から全開までズームしても、スズメは豆粒くらいにしか写らない。警戒範囲が広い鳥は、人間が近づくと逃げてしまう。鳥を驚かさずに遠くから観察するためにも、カメラレンズはもっと、遠くまでズームできる超望遠のものが欲しいのだ。

メールで紹介されたカメラレンズが、私の心を奪う。

「動く被写体もばっちり追跡。マグネシウム合金、軽量かつ強い」

野鳥撮影に最適で、重くなりがちな一眼レフのレンズの中でも、比較的軽くて持ち歩きやすい。サンプル写真の美しさだけで、ため息が出る。

欲しい。しかし値段を見て怯《ひる》む。ただでさえ学生はお金がないのだ。ここは我慢して、まずは自分の手元にあるもので、カメラの腕を磨いてから欲しがろう。

しかし、商品ページのカメラレンズは、最新型というわけではない。すでに中古品が出回っており、手が出ない価格でもない。バイトのシフトを倍にして、半年節約すれば、中古品なら……。

「バイト……増やそうかな」

と、急にスマホの画面が暗転し、着信画面に切り替わった。びくっとして、スマホを手から落としそうになる。画面に表示された名前は、浅倉さんである。

「はい！」

慌てて応答したら、やけに大きな声が出た。電話の向こうの浅倉さんが笑う。

「元気でよろしい。ピヨちゃん、今日の午後、暇だったら一緒に海に行こう！」

＊

半ば強制的に呼び出されて、車に乗せられた。

「半島の先っぽ⁉　そんな遠くまで行くんですか？」

「うん。見どころ満載の観光地。海鮮、温泉、遊覧船」

浅倉さんが歌うように韻を踏み、鞄からおやつのキャンディを取り出した。そのうちひとつを私に差し出してくるので、私は戸惑いながら受け取った。

「いただきます……て、そんな遠出だって分かってたら、私もお菓子持ってきたのに」

県庁所在地から件《くだん》の半島までは、高速道路を使っても一時間半のちょっとした遠征である。バックミラーに映る室長が、低い声を出す。

「聞いてなかったのか。いきなり呼び出したのによく来たなと思ったら」

運転手は室長。助手席では元刑事の五十鈴さんが無言で腕を組み、後部座席には、私と浅倉さんが乗っている。

「海とは聞いてても、そんな県の端っこまで行くとは想像してませんでした。この辺、ちょっと南に行けばどこも海に面してるから」

「端っこだろうと、県の領土である以上は俺らの管轄だからな」

彼ら県職員の仕事の範囲は、県境から県境まで全てである。人が住まない山奥も、海も、広く監視している。室長がハンドル片手に言う。

「怪異に関しては、市町村も所轄の警察署も狩る権限がねえ。遠かろうがなんだろうが、調査依頼があれば俺ら対策室が調査に行くんだよ」

「やっぱり怪異の仕事か……」

私がぼやくと、浅倉さんがにこっと目を細めた。

「海と聞いて、バカンスだと思った？」

「思ってませんよ。浅倉さんから呼ばれた時点で、こういうことだろうと想像はしてました」

「だよねー。でも室長がおいしい海鮮料理を奢《おご》ってくれるだろうから、期待してこ」

特に用事もなかったから応じてしまったが、今、少し悔やんでいる。急すぎてすぐには行けないとでも言っておけば、怖いものから逃げ切れたかもしれないのに。

室長がミラー越しにこちらを見た。

「小鳥遊の能力の使い時だ。鳥の〝警告〟が聞こえるという能力で、今からの仕事をフォローしてもらう」

高速道路の上空を、鳥の群れが通り過ぎる。

「ついでに、お前さんがどれくらい使えるか見ておきたい。小鳥遊のネガティブ具合は一般的には平均程度かもしれないが、我が対策室の中ではぶっちぎりだ。現場にいるだけで危険かもしれん。今後どう付き合っていくか、室長である俺が見定める」

私はこの仕事に向かない性格らしい。その上で拾われた理由が、ただ〝警告〟が聞こえるという大して強みがない能力である。かといって他に特技もなく、この対策室に置かれるのは荷が重い。

「もし室長に『やっぱり向いてない』と判定されたら、私はお払い箱ですか?」

質問すると、室長がもごもごと返した。

「いや、そんなことは。一度引き入れたからには、お前さんから申し出がない限り、放り出したりはしない」

「立候補したわけでもないのに僕に捕まった、ある意味被害者だしね」

浅倉さんが自ら言った。己の強引さの自覚はあるらしい。室長の声のトーンが落ちる。

「とはいえリスクが能力を上回れば、現場には連れ出せない。そうなると……」

難しそうに唸《うな》る室長の横から、ぽつりと声がした。

「足手まといは、要らない」

眠っているかのように静かだった、五十鈴さんだ。初めて声を聞いた。深く、渋い声だった。

「職員は民間の安全を最優先にする。役立たずの相棒でも、庇《かば》わねばならん。能力がなければ、仕事の邪魔になるだけだ」

私は口を半開きにして聞いていた。そのとおりだ。民間協力員は、なんらかの形で役に立つからバディとして職員と組むのであって、なにもできなければ職員のお荷物になってしまう。

「五十鈴。言い方、なんとかならんのか」

室長が咳払《せきばら》いをした。

「小鳥遊にとっても、向いてないのにこんな妙な集団に所属させるのは気の毒だ。辞めたい意思があればだが、無理には拘束しない。見聞きした事柄を絶対に口外しないと誓約書を書いた上で、解放という形になる」

「そう、ですか」

申し出がない限り追い出したりはしないが、はっきり言ってしまえば、五十鈴さんの言葉どおりというわけだ。

私は浅倉さんを一瞥《いちべつ》した。彼も言っていたとおり、私は自ら立候補してここにいるわけではない。むしろ辞めたいと切り出すタイミングを、見計らっていたところだ。

逃げてしまえば、もう恐ろしい目に遭わなくてよくなる。〝警告〟が聞こえないふりをすれば、お互い後腐れなく終わりにできるのではないか。

浅倉さんはどうにか私をバディにしておきたい様子だったが、知ったことではない。

などと考えはじめたあたりで、室長が言った。

「データ上、怪異は今日の夕方に陸に上がってくる確率が高い。観光客が少ない時期で、海岸沿いの店が閉まって周りに人がいなくなる時間帯だ。出てこなければ朝まで張り込むが、暗くなると鳥がいねえし、あんまり夜遅くなるようなら小鳥遊は宿に戻っててくれていい」

「はい……えっ？　宿？　今日、日帰りじゃないんですか？」

室長の語尾を振り返り、私は固まった。浅倉さんが頷《うなず》く。

「とりあえず一泊。緊急だったけど宿は取れたから、安心して」

「聞いてませんよ⁉」

しれっと言われたが、私のほうは声が大きくなった。浅倉さんは平然としている。

「今回の怪異は海に棲《す》み着いてるから、陸に上がってくるまで張り込むんだ。僕らも本業があるから、今夜出なかったら一旦《いったん》帰って出直す。何度出直すかは怪異次第だけど、ピヨちゃんもその都度付き合ってもらうから、よろしくね」

「待って⁉　私、明日《あした》は朝から授業あるのに！」

「休んだらいいよ。ごはんのおいしい宿だから、ここで帰っちゃったら勿体《もったい》ない」

「しかも何度も呼び出されるんですか？　単位足りなくなったらどうしてくれるんですか。バイトだってあるんですよ、今日はたまたまなかっただけで、私にも都合が！」

私が目を白黒させても、浅倉さんは歯牙にもかけない。

「バイト？　辞めなよ、そんなの」

「お金が必要なんです！」

こちらは欲しいカメラレンズがある。怪異なんぞの危険に晒《さら》されるだけでなく、勝手にバイト収入まで絶たれたらたまったものではない。項垂《うなだ》れる私を、浅倉さんがじっと見つめた。

「なにか欲しいものあるの？」

「八百ミリの単焦点……」

バカ正直に口にする。浅倉さんは、ふうんと鼻を鳴らした。それからスマホを操作して、「これかあ」と呟《つぶや》いた。横目で見ると、私が見ていたのと同じ、レンズの商品ページを開いていた。

「中古の値段だったら、二ヶ月だね」

「……二ヶ月？」

私は少し、顔を上げた。前髪の隙間から見える浅倉さんは、きれいな童顔で微笑んでいる。

「民間協力員枠での活動報酬。出動件数にもよるけど、このくらいなら二ヶ月で余裕で貯まる」

へ、と、変な声が出た。活動報酬？

「報酬ないと思ってたの？　まさか。機密情報握らせられて、命懸けで、化け物の相手をさせられてるんだよ。ボランティア精神とやり甲斐《がい》だけでできるわけなくない？」

浅倉さんは鞄《かばん》からもうひとつ、キャンディを取り出す。

「なんのバイトしてるのか知らないけど、辞めちゃいなよ。これはスクランブルで呼び出される仕事だから、身軽なほうがいい。それとも今のバイトを続けるほうが、効率よく稼げる？」

そんなことはない。身を置いているバイト先は、時給が安い。

なんてことだ。ひとまず浅倉さんのパートナーとして二ヶ月ここにいれば、あのレンズに手が届く。

心が揺らぐ。浅倉さんがニヤリと口角を上げ、悪魔のように囁《ささや》いた。

「頑張り次第で、新品買えちゃうかも。もっと高性能の最新型も」

「新品……最新型……！」

私は勢いよく、伏せ気味だった顔を跳ね上げた。浅倉さんの手の中のいちごミルクキャンディが、私の目の前に吊《つ》るされる。

「ピヨちゃん次第だよ。シンレイ対策室の一員として、鳥の〝警告〟に耳を貸して、僕らに伝えてくれるかどうか」

「やります!!」

単純な私は、目の前の甘い誘惑にあっさりと釣られた。浅倉さんは満足げに、いちごミルクのキャンディを私の掌《てのひら》に置いた。

怪異は怖い。普通の大学生の私が、未知の脅威に晒されるなんて絶対におかしい。辞めたいと言い出すタイミングを、窺《うかが》っていた。

でも、意外と条件がおいしい。化け物狩りになんか関わりたくない気持ちは変わらないが、せめてまずは二ヶ月。あの望遠レンズが中古で手に入るまでは、頑張ってみようと思った。

「それじゃ、今回の怪異について、しっかり頭に入れておこうね。はい。資料」

浅倉さんが鞄から七、八枚の用紙の束が挟まったクリアファイルを抜き、私に手渡した。私はそれを受け取り、中身に一枚目から順番に目を通す。調査依頼書、確認報告書、調査資料、添付書類、実働許可申請書、実働許可書と、事務的な書面が並ぶ。

「今回の案件は、三ヶ月前から室長と五十鈴さんが調査してきた怪異だよ」

「三ヶ月も前から？」

「うん。そのくらいかかるさ、得体のしれない化け物だもん」

浅倉さんが、一枚目の書類を指さした。

「まず、これが調査依頼書。今回も、現地の警察署からの依頼だね」

三ヶ月前、海に人が引きずり込まれる事件が発生し、警察が捜査。消えた人は見つからず、遺体も発見されなかった。所轄上層部は怪異災害の可能性を視野に入れ、県へ調査を要請した。という内容の書類だ。

次が、室長の判が捺《お》された確認報告書。

「室長と五十鈴さんによる現場視察、被害者の関係者への聞き込みなどなどの、三ヶ月に亘《わた》る調査の結果だよ」

浅倉さんの言うとおり、これは室長と五十鈴さんが足で稼いだ調査内容の記録である。発生場所の監視カメラ、周辺の目撃証言などから、怪異の存在を裏付けている。

そしてそれらの調査の結果、怪異はウミヘビをヨリシロとしたもので、出現時は子供の姿に擬態しているのだとまで突き止めていた。

監視カメラの映像によれば、子供の姿で人を海に誘い出し、海中で化け物の姿に戻る。海の波を操り、引き込んだ人間が陸に戻れないよう、波で包み込んで溺《おぼ》れさせていた。調査資料、添付書類は、その証明となる資料である。

監視カメラの映像から切り抜かれた、擬態の姿である男の子の画像が添付されている。それと目が合うなり、私はぞわっと、背中が寒くなった。

真っ直ぐ切りそろえた前髪の、幼稚園児くらいの男の子だ。普通の男の子となんら変わらない姿なのに、どこか気味が悪い。

「で、それから前例の似たケースとの比較、そこから想定される怪異の傾向をまとめたのがこの資料で、これと合わせて管理部に実働許可申請書を提出して、狩りのゴーサインを貰《もら》う。そんでそのゴーサインが、実働許可書。これがあって初めて、怪異を狩りに行けるよ。因《ちな》みに調査不充分で資料が足りないと、許可が下りない」

浅倉さんがつらつらと説明する。

「そんで、狩り終えたら始末報告書を管理部に出して、それを依頼主に回す。その際には持ち帰った怪異の体液の簡易解析結果も添付。同時進行でヨリシロの処理。こうなればもうただの動物の死骸《しがい》だから、虫レベルならそのまま放置でいいけど、大動物の場合は市の収集業務課に回収を依頼するよ。残骸の砂は日光を浴びると勝手に消えるから、それは放置でよし。被害者の状況報告書も作る。喰《く》われてる場合と生きてる場合で用紙は二種類。そんで体液の詳細な解析が済んだら改めて解析結果報告書を作成。これを管理部が受理すれば、晴れて一連の狩りが完了となるよ」

「め、面倒くさっ！」

私は思わず、感想を直球で口にした。

「命に関わる災害が起きてるのに、まず狩りに行くまでの工程が長い！」

まさにお役所仕事だ。これだけ書類をたくさん作っている時間があるなら、すぐにでも対応したほうがいい。

しかし後から、先日室長から言われた言葉を思い出した。

「これも化け物相手だから、なんですね。これくらい慎重にならないと、室長たちが危ない」

「そうだ。いくら怪異に狙われにくいといわれる鋼のメンタルの持ち主でも、喰われるときは喰われる。石橋を叩《たた》いても叩いても、いざ狩ろうとしたら想定外の動きを見せることだってある」

現地に何度も足を運んでいるのに、その場で行動せず、持ち帰って対策を考える。彼らはそうして地道に足元を固めて、怪異という未知の存在に挑むのだ。

「俺らだって、できることなら一度に一気に調べを進めて、なるべく調査期間を短縮したい。けどな、欲をかいて踏み込みすぎれば、察知される。奴《やっこ》さんにバレないギリギリのラインを、少しずつ攻めるしかない。今んとこ、人間が怪異を上回るには、このやり方しかねえんだよ」

室長の後ろ頭が、こちらに声を投げてくる。

「これが正式な手順。ここまで入念に調査して、書類を通してから怪異を狩るのが筋なんだ。実働許可書があれば、万が一のことがあっても保険が下りる」

「保険とかあるんですね……」

この人たちは、怪異という浮世離れした敵と戦っているのに、県職員らしいお役所仕事ぶりで、生々しいほど現実的である。

そこまで話してから、室長に角が生えた。

「しかしここ二件の怪異では、浅倉はこの実働許可書を取ってない、それどころか許可申請もしてない、調査中の段階で狩ったんだ。つまりもし浅倉が死んでも自己責任、当然、保険は下りない。いかに危なっかしいやり方してたか分かったか？」

チクリと叱られても、浅倉さんは素知らぬ顔をしている。

「調査中に怪異に見つかっちゃったりして緊急で狩らなきゃいけなくなった場合は、事後申請も利くから大丈夫！」

「大丈夫！　じゃねえんだよ！　無事に狩れればの話であって、死んでも文句言えねえんだぞ」

室長の怒りがぶり返す。浅倉さんは、まるで響いていない顔をしていた。室長が諦《あきら》めのため息をつく。

「今回は特に調査が長引いた。なんせこの怪異は縄張りが広くて、張り込んだところに出ねえ、出たと思ったら海中に逃げやがるから追うにも限界がある」

そして彼は、その強面《こわもて》を僅《わず》かにこちらへ向けた。

「そこで、小鳥遊に聞こえる鳥の〝警告〟。これが機能すれば、場所の絞り込みがぐっと楽になる」

そうか、鳥の騒ぐところへ向かっていけば、怪異の下《もと》へ先回りできる。張り込んで待つ必要がなくなるのだ。

ここで活躍を残せれば、この案件における室長たちの仕事が楽になり、私の能力も認められる。上手《うま》く行けば報酬が貰える。拳《こぶし》を握る私を、浅倉さんが焚《た》きつける。

「今回のウミヘビの怪異は、室長と五十鈴さんが丁寧に調べてくれてるから、対処法の見当はついてる。比較的安心安全に狩れる怪異だよ」

「はい！」

ともかく今はやれることをやって、怪異を狩る。そして、現場で起こる事件を終わらせるのだ。

キャンディを口に放り込む。甘いいちごミルク味が、私の緊張をほぐしてくれる。

「あれ？　そういえば浅倉さんって甘いもの苦手なのに、なんでキャンディを持ってきてるんですか？」

私が呟《つぶや》いても、浅倉さんはにこっと笑うだけだった。自分は食べないのに持っているということは……私を餌付《えづ》けする目的で、わざわざ用意したのか。魂胆が透けて見えたが、ここはひとつ、彼の策略に乗ろうと思う。

覚悟を決めた私の前の座席で、五十鈴さんが呟いた。

「比較的安心安全……クラスAだが、な」

＊

真冬の海岸は、凍《い》てつく寒さだった。銀色に波打つ海が、私たちを出迎える。潮の匂いの風が私の髪と、浅倉さんのスーツのジャケットをひらひらと捲《まく》った。

空をウミネコが飛ぶ。漁港の前を通ると、建物の屋根や船の縁でカワウが翼を干しており、白いサギが周辺を舞っていた。

漁港の防波堤に沿って歩く室長が、のんびり喋《しゃべ》る。

「この海岸は、津波が起きた場合に想定される被害規模がかなり大きい地域でな。過去に他県で起きた大地震を機に、地域防災の見直しがなされて……」

室長の本業は、危機管理部危機政策課だ。地域に自然災害への警戒を呼びかけ、日頃から対策を練り、いざ災害が起こったときにも指揮を執る。この海岸の防災も、彼の担当のひとつだそうだ。

目的地に到着した私たちは、まずは宿に荷物を預け、海岸沿いを散策している。怪異の出没エリアがこの辺りだというが、今のところ、なんの異変もない。鳥たちの声も、至って普通の鳴き声しか聞こえない。

「今回、ここの周辺の調査をするにあたっては、地元の人にはハザードマップを作り直してる過程だと説明してる。人が引きずり込まれる……渦潮に呑《の》まれる事故の危険箇所という体裁で、怪異災害があった場所を調査してるんだ」

　そう話す室長と私が並んで歩く一歩手前を、浅倉さんと五十鈴さんが行く。浅倉さんが人懐っこく五十鈴さんに話しかけ、五十鈴さんはそれを静かに聞いている。浅倉さんが童顔なせいもあって、なんだか無邪気な孫と頑固な祖父のように見えた。

　五十鈴さんは、両目が見えていない。しかし杖《つえ》で先を確認しながらも、ふらつきはせず、真っ直ぐ歩いている。

　よく見ると浅倉さんは車道側に立って、五十鈴さんの背中に手を添えて歩いている。傍から話しかけているのも、距離感が伝わるように配慮しているのかもしれない。浅倉さんは自由気ままな人に見えて、意外と細やかな気遣いをする。

　私はふたりの背中を、十歩ほど後ろから見ていた。

「目が見えない人って、日常生活でも不便が多いですよね。ただでさえ苦労するのに、怪異に立ち向かうのは危険すぎるんじゃないですか？」

　目が見えていても怖いのに、見えなかったら、どんなものが目の前にいて、なにが起きているのか、私以上に分からないはずだ。

　室長はふうと、細いため息をついた。

「ジジイだしなあ。隠居して静かなところで暮らしたいかもしんねえな」

民間協力員を守るのは、県職員の仕事である。目が見えない五十鈴さんを守るのは、彼と組む室長だ。お互い大変なのではないか、と、私は勝手に心配になった。

それから室長は、私に一瞥《いちべつ》をくれた。

「今は鳥の〝警告〟は聞こえないのか？」

急に話が切り替わって、私は背すじが伸びた。

「なにも」

「聞こえたらすぐに報告しろ。そして絶対に単独行動はするな。必ず俺たちのうちの誰かといろ。万が一はぐれて、ひとりのときに鳥の〝警告〟が聞こえたら深追いせずに逃げろ」

室長がくどくどと、私に言って聞かせる。私は話を聞きつつ、訊《たず》ねる。

「今回の怪異って、たしかヨリシロがウミヘビですよね。魚の方ですか？　爬虫類《はちゅうるい》の方ですか？」

「おっと、動物行動学を専攻してるからか？　ウミヘビという同じ名前でも、全く違う生き物がいるの、知ってるんだな」

ウミヘビと呼ばれる生物には、魚類ウナギ目のウミヘビ科と、爬虫類有鱗《ゆうりん》目、コブラの仲間のウミヘビがいる。前者はヘビ状の細長い魚、後者は海に適したヘビである。

室長は水平線に顔を向けた。

「今回のはダイナンウミヘビ。魚類の方だ」

「魚なら、やっぱり陸上に上がると苦しむんですか？」

怪異の弱点は、ヨリシロと同じのはず。相手はただのウミヘビではないとはいえ、ヨリシロが魚なら、鰓《えら》呼吸ができない陸には長くは上がっていられないのではないか。

「たしかに化け物の状態なら、長時間は陸にはいられないかもしれない。だが今回のは、人間に擬態する。陸では人間同様に活動し、海の中では擬態を解いて、本領発揮で動くと考えたほうがいい」

室長の説明に、血の気が引く。言葉を失う私に、室長は言い聞かせるように語った。

「怪異の弱点はヨリシロに依存するが、弱点だけじゃなくて強みも引き継ぐ場合もある。例えばウミヘビはウミヘビでも爬虫類の方だったとしたら、猛毒を持った怪異になるケースが多くて……」

そこへ大きな声が、室長の長い話を遮った。

「大塚さんじゃない！　来てたのね」

走ってきたのは、近くの釣具の店のおばちゃんだった。室長と顔見知りみたいだ。

「先日チェックしてた海岸の岩間、午前中に人が海に落ちたわよ。警察が来てる」

「なんだって。情報ありがとうございます。五十鈴、行くぞ」

室長が五十鈴さんを呼び、駆け足になった。私はあっと、短く声を漏らす。私が鳥の声から場所を特定するより、近隣住民からの情報のほうがよっぽど早かった。

棒立ちになる私の前で、浅倉さんのジャケットがぱたぱた、潮風に吹かれた。

「室長と五十鈴さん、行っちゃった。せっかちなおじさんたちだね」

「お役に立てなかった……」

「気にしなくていいよ。能力があってもなくても、ピヨちゃんにやる気さえあれば、ここにいてくれていいんだから。というか、新しいバディ探すの面倒だから、ピヨちゃんはいてもらわないと困るよ」

浅倉さんにとっては、単独行動にさえならなければいいので、相棒は誰でもいいのだ。しかし私は五十鈴さんの言葉が引っかかって、素直に頷《うなず》けなかった。「足手まといは、要らない」。

浅倉さんがウミネコを目で追う。

「室長たちも、慌てて行ったけど、見つけたとしてもすぐには狩れないだろうな。警察来てるって言ってたし、多分、野次馬がいる。それだけで怪異は逃げちゃうから」

「三ヶ月かけて実働許可取ったのに、なおかつ環境が整わないと狩れないんですね」

相手は海を漂う怪異である。広い海を自在に移動して、さっさと現場を離れてしまう。浅倉さんはあははっと軽やかに笑った。

「この仕事はそういうものだよー。怪異は室長と五十鈴さんに任せて、僕らはのんびり観光しよう」

化け物を相手に銃で立ち向かいに来たとは思えない、まったりした声だった。彼は冬の潮風を浴びて、海辺の散歩道を心地よさそうに歩いている。

マイペースな浅倉さんは、漁船にとまるアオサギを指差す。

「あの大きい鳥、なに？」

「アオサギです。きれいですね」

全長一メートルほどもある、日本のサギの中では最大種の鳥である。ブルーグレーの翼とレースのような飾り羽が美しいそれが、首を畳んで寛《くつろ》いでいる。水場ではよく見る鳥だが、浅倉さんには馴染《なじ》みがないようだ。

「アオサギ。どんな鳥なの？」

「釣り人が海面を見てる隙に忍び寄ってきて、バケツの魚を横取りする鳥です」

途端に、浅倉さんはふはっと噴き出した。

「もっと専門的な説明が来るかと思ったのに！」

「鳥の話なんて浅倉さんは興味ないだろうから、あんまり喋ったら鬱陶《うっとう》しいかと思って」

「それが面白くって、却《かえ》って詳しく聞きたくなっちゃう。ずるいなー」

浅倉さんはしばらく可笑《おか》しそうに笑っていた。狙ったわけではないが、ウケたならよかった。

私は、上空を飛ぶ海鳥を見上げた。ぽってりとしたお腹のウミネコ、北から渡ってきたカモメたち。

空を飛べる、それだけで、羨《うらや》ましいと思う。

私にはこれといって特技がない。勉強が特別できるわけでも、運動能力が高いわけでもない。こんな私がシンレイ対策室という危険と隣合わせの場所にいていいのだろうか。などと考え込んでしまうし、向いていないのは分かっている。却って味方を危険に晒《さら》してしまうのではないか。

ぼうっと鳥の影を追っていたら、浅倉さんが私の顔を覗《のぞ》き込んできた。

「考え事してる。さしずめまた、自信がなくて不安になってるんでしょ」

一発で見抜かれて、私は言い訳すらできなかった。それも顔に出たのか、浅倉さんは楽しげに口角を吊《つ》り上げた。

「僕としては、ピヨちゃんにはもっと自然体でいてほしいな。自信はなくてもいいんだけど、そんなことで悩まないでほしい。ていうか、僕が選んだ人という時点で、自信持ってくれてもいいのに」

「選んだ、って。浅倉さんは、誰でもいいから付き添いが欲しかったんでしょ」

調子のいい言葉には惑わされない。向いていない私より、もっと向いている人を拾いたかったはずだ。浅倉さんはちらりとこちらに目を向け、ゆっくりまばたきをした。

「最初はそうだったよ。けど今は、わりと君のキャラが気に入ってるんだよね」

海鳥の白い翼が空を舞う。群れがひらひらと一斉に空を横切る姿は、花びらのようで美しかった。

「君、鳥が好きでしょ。『好き』のエネルギーってすごいんだよ。特にそういう純粋な方向の好意は、瘴気《しょうき》を押しのけるくらい明るい力を持つよ」

浅倉さんの間延びした声が、波の音とともに浜辺に消える。

「っていうのとはまた別で、僕自身が、そういう人が好き。なにかを全力で好きな人、好きなんだよねー」

私の歩くペースは、少し落ちた。そんなことを言われたら、なにもできない自分を、許してしまいそうになる。自分のまま、自然体で、この人が許してくれるなら。私は胸に手を当てて、浅倉さんの後ろ頭を見ていた。

冬の風を浴びて、アオサギが微睡《まどろ》んでいる。

悪行だけに触れてしまってはアオサギに申し訳ないので、私はアオサギの魅力も説明に付け足した。

「アオサギは、繁殖期になると婚姻色になるんですよ。普段は黄色いくちばしと脚が、鮮やかに赤っぽく色づいて、今の色もきれいだけど、それも美しいんです」

アオサギのように繁殖のために色が変わる鳥もいれば、冬羽と夏羽で衣替えする鳥もいる。季節の移ろいを感じさせてくれるのも、野鳥の魅力のひとつだ。

「アオサギは一夫一妻制で、毎年同じペアで卵を産むんです」

「一途《いちず》なんだね」

そう言う浅倉さんを、私はくるりと振り向いた。

「浅倉さんはペアが半年もたないって、七瀬さんが言ってました」

「やめてよ。それ、仕事のペアの話でしょ」

「じゃあ恋愛は上手《うま》くいってるんですか？　ヒカリさんは？」

彼が気にかけていた女性の名前を出すと、浅倉さんはぷいっとそっぽを向いた。

「雑談振っても躱《かわ》されてまーす。出身地の話も、好きな食べ物すらも聞けません」

夕焼けをバックに、アオサギの冠羽が風に吹かれる。黄色い虹彩《こうさい》の瞳が、私たちを眺めている。

と、そのときだった。キンと、頭に音が響く。

――ここは危ないよ。

「あっ……」

この、突然チャンネルが合う感触。鳥の〝警告〟だ。

私は立ち止まり、耳を澄ませる。浅倉さんも、同じく足を止めた。

鳥の鳴き声に集中する。船のアオサギがこちらを見つめて、キャッと喉《のど》を鳴らす。

──気をつけて。絶対に近づいてはいけないよ。

「怪異、この近くにいるみたいです」

だとすれば、まだ私にできることがあるかもしれない。私は室長たちが向かったほうへと、走り出した。

「なにかフォローできるかも。せめて野次馬を追い払うくらいなら！」

「やる気があって嬉《うれ》しいなー。室長も喜ぶよ」

浅倉さんも、後ろからついてくる。

──行くなと言っているのに。

船のアオサギが、大翼を広げ、飛び立った。

──どうしても行くと言うのなら……。

海の向こうへ、青みがかった灰色の翼が羽ばたいていく。彼が言い残した言葉を聞いた私は、耳を疑った。

「あの、浅倉さん！」

名前を呼んで、短く、息を吸い直す。

「相談があります！」

＊

「あれ？　いない」

海に面した店で買い物をして外へ出ると、浅倉さんの姿がなかった。室長と五十鈴さんも見失ってしまったし、通行人すら見当たらない。広い海岸にぽつんと立っていると、無性に虚《むな》しくなってくる。

そういえば、シンレイ対策室にはグループチャットがある。そこで連絡を取り合えば、彼らともすぐ合流できるだろう。

コートのポケットからスマホを取り出したそのとき、防波堤にとまっていたウミネコたちが、一斉に飛んだ。ギャアギャアと激しい威嚇声が轟《とどろ》く中、私の頭に〝警告〟が響く。

――ここから離れろ！

先程のアオサギの〝警告〟よりも強い〝警告〟だ。怪異がすぐ近くまで来ている。

浅倉さんは、室長と五十鈴さんは、どこ。私はその場で周囲を見回す。薄暗くなってきた空を、鳥が騒ぎながら飛んでいく。心臓が早鐘を打って、呼吸まで速くなる。

早く浅倉さんと合流しないと……。

そして視線を正面に戻して、ハッとした。いつの間にか、真正面に男の子が立っている。

「ひゃっ……！」

突然の出現に驚いて、甲高い声が出た。つい数秒前まで誰もいなかったのに、ほんの一瞬のうちに現れた。

男の子は私を見上げ、にこっと笑った。それを見た瞬間、全身がぞわっと寒気に襲われる。

真っ直ぐ切り揃えた前髪、真冬らしからぬ半ズボン。全身びっしょり濡《ぬ》れて、浜辺に直立しているのだ。車の中で見た、確認報告書の添付資料が脳裏に蘇《よみがえ》る。

すぐにでも距離を取らないと、と、後退《あとずさ》りする。そんな私の袖《そで》を、男の子が掴《つか》んだ。

「お姉さん、こっち来て！」

血色のいいふっくらとした頰と、こちらを見つめる瞳《ひとみ》を見る限り、彼は生きた人間そのものだった。先日のカモシカの怪異は、一見人の形をしていても顔を見れば化け物だとすぐに分かった。だが、この男の子は血の通った人間にしか見えないし、言葉だって話す。怪異共通の弱点であるはずの、ブラックホールのような目だってない。

男の子は私をどこかへ案内しようと、袖を引っ張ってくる。

「早く、こっち！　急いで！」

人間にしか見えない。でも、数時間前に見たあの資料の子供の姿そっくりそのままだ。薄着でずぶ濡れなのはどう考えたっておかしいし、ただ偶然似ているだけではないはずだ。

そう思うのだけれど、怪異にはとても見えない。もしかしたら、怪異に姿を模倣されているだけで、この子は人間なのではないか。濡れているのは、怪異に海に引きずり込まれてしまって、なんとか帰ってこられた被害者だからとか。

そこで突然、ぱしっと腕を掴まれた。肩を弾ませて振り向く。眉間《みけん》に皺《しわ》を寄せた浅倉さんが、私の腕を強く引いていた。

「なにしてるの」

「あっ、浅倉さん！　どこ行ってたんですか！」

「同じお店にいたよ。気がついたら外に出ちゃってたのはピヨちゃんのほう。それより、なんてものに捕まってるの」

普段の力の抜けた話し方からは想像もつかないほど、低く、ピリついた声だった。

私も肩に力が入る。

「待って、人間かもしれないです」

なにかを必死に訴えてくるこの目を見たら、化け物扱いなんて、できない。

「怪異かなとは、私だって思いました。でも言葉を話すんですよ。絶対に人間じゃないって言い切れますか？」

私が声を押し殺してそう言うと、浅倉さんは、難しい顔で唸《うな》った。

「君の言いたいことは分かる。この段階では、人間の可能性を捨てきれない。先走って撃ち殺して、万が一人間だったとき、まずいよね」

「でしょ。だから様子を見ようと思って……」

「でもそれはピヨちゃんがするべきことじゃない。下がって」

私たちが揉《も》めている間も、男の子は私の袖を必死に引いてくるだけで、襲ってこない。

「早く！　間に合わないよ！」

たぶんと、彼の背後で波がうねる。海面がさざめき立つ。

男の子は打ち震えはじめ、私の腕にしがみついた。

「うわあ、あ、あああ！」

彼の絶叫に呼応するように、波が高く打ち上がった。波の高さは徐々に上がって、浜に到達する頃には、男の子の身長を有に超えるほどになっていた。

「えっ、あっ！」

私は波を見上げて意味のない音を発した。穏やかだった海が突然暴れ出した。押し寄せる波から逃げるには、時間がない。

男の子も、私も浅倉さんも、一瞬で大波に飲み込まれた。叩《たた》きつけられる潮水に取り込まれる。コートが水を吸って重くなる。

男の子はまだ、私の腕に抱きついている。私の体が一緒に沈んでいく。

突然、男の子の皮膚が、ずるんと剝《は》がれた。

私にしがみつく彼の腕は、肌が裂けて内側からぬるぬるとした太い管が露《あら》わになった。私の口からかぽ、と、空気が溢《あふ》れる。

少年の腕を突き破るそれは、黄金色にぬめり、ぶくぶくと太く膨らんだ。水の中でしなやかにうねって、腕から胴へと這《は》いずってきて、私の全身に絡みつく。

気がついたら、それは細かった男の子の腕から飛び出たとは思えない、私の身長を優に超えた巨大魚へと変貌《へんぼう》していた。口の真下、喉《のど》の辺りに、黒く渦巻く目がある。

夕日の差し込む海の中、管の先端が開く。

人間かもしれないなんて、どうして信じてしまったのだろう。目の前にいるこれはどう見ても――。

牙《きば》の並んだ口、その端についた、闇を湛《たた》えたような目。少年の体はもう、ウミヘビの下半身にぶら下がっているだけだった。

体温が奪われていく。水の中ではまともに動けない私は、無重力のように自在に動くウミヘビに、されるがままだった。

ウミヘビが大口を開ける。牙の向こうの真っ暗闇へ、頭から吸い込まれていく。ぬるりとした冷たい感触のトンネルの中で、私は目を閉じた。死ぬと分かると恐怖の感情は麻痺《まひ》するのか、不思議と、妙に冷静になる。

やっぱり、シンレイ対策室なんか辞めればよかった。

頭の中は、それだけだった。

次の瞬間、ハッと気がつくと、私は知らない町に立っていた。この海岸沿いの港町だろうか。自分の体は異様に軽くて、足が浮かんでいるような感覚だ。自分の体が自分のものではないみたいなのに、自在に動ける。ここは、夢の中だろうか。

道路で立ち尽くしていると、突然、横っ面を殴られた。目に星が散って、焦点が定まると、知らない男が私に馬乗りになって、私に拳を振り上げていた。

目を瞑《つぶ》ると、今度は突然、背景が学校の屋上に変わった。私はぐちゃぐちゃに汚れたスクールバッグを抱えている。かと思えば、いつの間にか見知らぬ会社のオフィスにいて、上司らしき人に怒鳴られ、背後からくすくすと、嘲笑《ちょうしょう》が聞こえた。

これは私の記憶ではない。でも、生々しく感情が流れ込んでくる。恐怖、虚しさ、怒り、やるせなさ、希死念慮。私の記憶ではないはずなのに、全部、自分のことみたいだ。心が、追い詰められていく。

「やだ、いやだ。助けて！」

そう、胸の中で叫んだときだ。突然、視界が明るくなった。体がずるっと、海の中へと放り出されたのだ。夢を見るような感覚とは違い、リアルな酸欠と、波に押される感触が体に蘇る。現実に戻ってきたのだ。

海中を漂う私の目に、水の中で暴れ回るウミヘビの姿が映る。

吐き出された？　だとしたら、なぜ。

と、考えられる余裕はない。酸素が足りなくて、意識は朦朧《もうろう》としていた。体が冷えて、感覚がない。怪異から吐き出されようと、どちらにせよ、私はもう海の藻屑《もくず》となるだけだろう。

ふいに、左腕が後ろから強く引っ張られた。体が浮上していく。意識がぼんやりするが、頭上が明るくなっていくのは分かる。数秒後、私は海面から顔を出していた。

「かはっ！　苦し……！」

肺に酸素が戻ってきた。目眩《めまい》と外の光の眩《まぶ》しさで周りがよく見えないが、声だけは聞こえた。

「喋《しゃべ》った！　意識あるんだ」

私の腕を引くのは、浅倉さんだった。

「じゃ、歩けるね」

「無茶言わないでください……」

足がつく浅瀬まで戻り、よたよたと浜へ上がる。背後からはウミヘビが顔を出し、私たちを追って砂浜を這ってきた。

心臓が激しく飛び跳ねている。空で鳥が騒いで、一斉に〝警告〟を鳴らす。足がもつれて上手《うま》く歩けない私を、浅倉さんが腰から支えてくれている。

少し目を上げると、浅倉さんの顔が見えた。濡《ぬ》れてぺたんこになった前髪の隙間から、険しく歪《ゆが》んだ表情を覗《のぞ》かせている。

重たい体を引きずりながら、私は首だけ後ろを向いた。ウミヘビの怪異はこちらを凝視して、大口を開けて牙を剝《む》き、陸上でもするすると突き進んでくる。

その頭が、突如、横に吹っ飛んだ。

ほんの一瞬だった。怪異は頭から崩れ、砂浜に伏した。微動だにしなくなったそれを見つめ、私と浅倉さんははあはあと荒い呼吸を繰り返す。

ざ、と砂を蹴《け》る音が、鼓膜をくすぐった。同時に、大きなため息も重なる。

「全く……なにをしてるんだ、お前ら」

声の方を振り向くと、頭を抱えた室長と、銃を携えた五十鈴さんが立っていた。突き出された銃口からは、細い硝煙が漂っている。

「宿に戻れ。さっさと着替えろ、風邪引くぞ」

室長の呆《あき》れ声に、安堵《あんど》の涙が出そうになる。夕空を横切るウミネコが、海の向こうへ消えていった。

＊

「へっくし！」

翌日の昼下がり、シンレイ対策室のオフィス。私はソファ席で膝《ひざ》を抱えていた。隣に座った七瀬さんが、心配そうに顔を覗き込んでくる。

「大丈夫？　真冬の、しかも日が落ちてる時間に海に引き込まれたんだもんね」

温泉宿で体を温めて、疲れにやられて爆睡したが、この有り様である。向かいに座った更科さんが、苦笑する。

「これは陽世ちゃん悪くないと思うんだよな。子供が『早く来て』って引っ張ってきたら、振り払えないだろ」

「ね。たとえそれが怪異かもしれなくても、迷っちゃう。それより無事に帰ってきてくれて良かったわ」

先輩たちがフォローしてくれる。不甲斐《ふがい》ない私は、泣きそうになった。

ソファに挟まれたテーブルの真ん中には、半島土産の銘菓が置いてある。白餡《しろあん》と焼きクルミの饅頭《まんじゅう》だ。

室長には、小言を言われた。怪異の見た目は分かっていたし、「鳥の〝警告〟が聞こえたら深追いせずに逃げろ」と忠告されていたにも拘《かかわ》らず、判断を誤ったこと。死にかけて心配させたこと。合計で十分近く説教されたのだった。

きっと私が海中に呑《の》まれていたのは、たった数秒だ。酷《ひど》く長い時間に感じたけれど、ほんのそれだけ。ただ、その数秒が命取りになる。それを、痛いほど思い知った。

お土産の饅頭をひと口齧《かじ》る。ほっこりした食感の生地と滑らかな白餡が、口の中で調和する。クルミの香ばしさが白餡の甘みを引き立てて、まるで不甲斐ない私を慰めてくれているみたいだった。

「くしゅっ！」

オフィスに備え付けられた給湯室の方からも、くしゃみが聞こえた。私と同じく風邪気味の、浅倉さんである。

私を引き戻そうとする浅倉さんの、力強い手を思い出す。浅倉さんは、強引な人だ。目的のためなら人を報酬で釣るし、能力を利用する。そして自分の命さえ、目的のために賭《と》す。

更科さんの隣では、五十鈴さんが無言で目を瞑っている。私が室長に叱られている間も、彼はなにも言わなかった。

「五十鈴さんも。助けてくださって、ありがとうございました」

宿でも帰りの車中でもお礼はしたが、私は改めて頭を下げた。五十鈴さんは「それが仕事だ」とだけ呟《つぶや》いて、腕を組んでいる。

あのとき室長たちは、近くで起こった事案を調べるため、捜査中だった地元警察と合流していた。しかしたくさん来た警察と野次馬を警戒して、怪異はその場を去っていたという。ふたりは怪異の移動速度や周辺の波の音を頼りに怪異を捜し当て、同時に、怪異から逃げて海から上がってくる私と浅倉さんを見つけたのだそうだ。

私は未《いま》だ、あの瞬間を信じられずにいた。

「驚きました。五十鈴さんは、目が不自由だと聞いていたので……。それなのに、一撃で怪異の目を射貫《いぬ》きましたね」

五十鈴さんは動いている怪異の弱点を狙撃《そげき》し、仕留めた。目が見えていても難しいはずなのに、的確に、たった一発で、怪異の息の根を止めたのだ。

無言の五十鈴さんに代わって、彼の隣の更科さんが、五十鈴さんの肩をバシバシ叩《たた》いてしたり顔をした。

「目が見えなくても他の感覚、特に聴覚と、瘴気《しょうき》を察知する感覚が鋭いんだよ。カッケーだろ！」

「怪異への応戦は県職員のお仕事で、民間協力員はあくまで協力者だと聞いてたんですけど……」

「五十鈴さんは元刑事だぞ？　一年ばかしの狙撃演習と数年の実戦だけの室長より、銃の扱いは上手いぞ」

　更科さんがケタケタ笑っていても、五十鈴さんは相変わらず険しい顔をして無言を貫いている。そこへ、室長がやってきて、ソファにどかりと腰掛けた。

「協力員の安全最優先ではあるが、協力員が怪異を狩っちゃいけないルールはないからな。俺と五十鈴の場合はどちらも銃を持つ。むしろ五十鈴のほうが手慣れてる」

　元刑事というキャリアはあれど、盲目の気難しいおじいちゃんだと思っていた五十鈴さんは、私の想像を遥《はる》かに超える実力の持ち主だった。

　私は洟《はな》をすすり、室長と目を合わせた。

「この度は本当にすみませんでした。あんなに巧妙に人間に擬態する怪異に、動揺してしまいました」

「クラスAは会話ができるし、見た目も違和感なく、怪異とは判別できないくらい見事に人間に化けるからねー」

　そう言ったのは室長ではなく、給湯室からやってきた浅倉さんだった。お盆に人数分のカップを載せて、こちらに運んでくる。

「と言っても、マニュアルに書いてあるとおり怪異に感情はない。たとえ会話が成立する怪異だとしても、言葉が分かるだけで話が分かるわけじゃないよ。人間を誘《おび》き寄せるために、鳴いてるだけ」

子供に「こっち来て」「間に合わない」と言われたら、手を差し伸べたくなる。本当になにかが「間に合わない」のではなく、そう発音することで私を引きつけようとしていたのだ。

浅倉さんが冗談っぽく言った。

「擬態中は弱点……目を隠してる。もはや人間か怪異かを見分ける方法は、擬態を解くしかないよね」

これは勉強不足だった私の失態だ。あのとき惑わされなければ、私も浅倉さんも、死にかけずに済んだかもしれない。波に揉《も》まれた浅倉さんは、携帯していた銃が壊れてしまい、物理的な損失まで出てしまった。

鳥の〝警告〟はあまり役に立たず、それどころか浅倉さんを巻き込んで危険を冒した。室長と五十鈴さんの言葉が、頭の中で反響する。

『リスクが能力を上回れば、現場には連れ出せない。そうなると……』

『足手まといは、要らない』

カメラレンズを買うお金が欲しいという浅い理由で、私は彼らの足を引っ張った。

彼らは命を懸けている。自覚が足りなかった自分が恥ずかしい。

やはりここは、私には荷が重い。見聞きしたことは誰にも言わないから、これ以上迷惑をかけないためにも、辞めさせてもらおう。

そう、言い出そうとしたときだった。

「小鳥遊には、次の現場にも同行してもらう必要があるな」

私が口を開くより先に、室長がそう切り出した。私は一瞬理解が追いつかず、目をぱちくりさせた。隣では七瀬さんも、そうね、と頷《うなず》く。

「新発見だものね。この子は手放せない」

「えっ？　なにがですか？」

室長と七瀬さんを交互に見比べる私の横に、浅倉さんがしゃがんだ。

「怪異が、一度飲み込んだ君を吐き出した件。いろいろあって疲れちゃって忘れてたかもしれないけどね」

コト、と、カップがテーブルに置かれた。

「多分だけど、あれは君が直前で買った、釣り針が関係してると思うんだ」

私は、怪異と出会う寸前まで、記憶を遡《さかのぼ》った。

アオサギは飛び去りながら、私に教えてくれた。

——どうしても行くと言うのなら、鋭く尖《とが》った銀の棘《とげ》をお守りにして。

銀の棘。最初は、なんのことかぴんとこなかった。

——あの子は、海に垂らす棘が怖いんだ。

このことを浅倉さんに相談した。彼は「釣り針のことかな」と言い当てたものの、アオサギがなぜそんなことを言ったのか、なぜ釣り針なのか、それがなにになるのかは全く意味不明だった。

それでも私たちは、鳥の〝警告〟には従ったほうがいいと結論付けて、釣具屋に立ち寄ってとりあえず買ってみたのだ。

ぽかんと呆《ほう》ける私に、室長が言った。

「怪異のヨリシロを調べたら、口に釣り針が刺さっていた。どうやらヨリシロにされた死骸《しがい》のウミヘビは、刺さった釣り針が原因で餌を捕れず、餓死したと見られる」

室長が真剣な顔で続ける。

「怪異の弱点がヨリシロに依存するのは、対策の体系に組み込まれている事実だ。だがこんなふうに、個体の死因が影響した……かもしれないケースは、初めて観測された」

低く落ち着いた声が、静かなオフィスに吸い込まれる。

「これは怪異の弱点を増やす手がかりになる。小鳥遊には、調査に協力してもらわないとならない」

私はしばし、絶句していた。どうやら私がアオサギから受けた助言は、怪異を解き明かすための小さな一歩に繋《つな》がったらしい。

ここにいる彼らを危険な目に遭わせてしまうくらいなら、大人しく身を引く。そのつもりだったのに。私は目を白黒させて、俯《うつむ》いた。

「でも、私は足手まといじゃ……」

「正直言って、リスクは高い。怪異を怪異かもしれないと疑いながらも突き放せない性格は、この仕事には向かない」

室長はばっさりと、容赦なく言い切った。これが彼の本音だろうと、私にも分かる。

室長は眉《まゆ》を寄せ、唸《うな》った。

「だが、五十鈴がな。お前さんの能力を、もっと確かめたほうがいいって言うんだ」

「五十鈴さんが？」

私は思わず、五十鈴さんの顔を見た。彼は今も目を閉じて、口を結んでいる。喋《しゃべ》らない五十鈴さんの分まで、室長はよく喋った。

「俺としては安全第一でいきたい。小鳥遊は、言ってしまえば足手まといになりうると思う。怖い思いをさせるのも忍びない。でも五十鈴が譲らねえんだ、どうしてもお前さんに、ここにいてほしいと」

私は声を出せなかった。五十鈴さんは肯定もしなければ反論もせず、黙りこくっている。感情を表に出さない寡黙な五十鈴さんが、室長とそんな議論をしていたとは、驚いた。それも、私を必要として、ここに引き留めようとしてくれている。

テーブルの脇にしゃがむ浅倉さんが、私を見上げてくる
「ね、ピヨちゃん。室長の言うとおり、最優先すべきは安全だ。そしてこれからの安全のために、研究を進めないといけない。その研究の鍵《かぎ》が、君なんだよ」

優しく囁《ささや》かれると、調子が狂う。私はカップの中の赤い水面に目を落とした。

誰かを危険に晒《さら》すかもしれない。自分だって死ぬかもしれない。それが分かっていて、すぐには頷けない。

反応が鈍い私を見上げ、浅倉さんは追い打ちをかけた。

「八百ミリの単焦点」

そのひと言で、私は反射的に顔を上げた。心の中の天秤《てんびん》が、ぐらっと傾いた。それが顔に出ていたのだろう。浅倉さんの笑顔はにっこりからニヤリに変わり、慣れた所作で全員分のカップをテーブルに並べはじめた。

「答えは今すぐじゃなくてもいいよ。とりあえず、お茶どうぞ」

「ありがとうございます、いただきます」

浅倉さんが淹《い》れてくれた紅茶に手を伸ばす。口元までカップを運ぶと、ふわりと爽《さわ》やかな香りがした。

けた。

「これ、先日のお茶と違う香りですね」

「よく気づいてくれた。今日の茶葉はやぶきただよ」

「あ、聞いたことある名前の茶葉」

「緑茶としても有名だよね。紅茶になると、他の紅茶にはない香ばしさと渋みとボディ感……つまりコクのある、珍しい味わいが出るんだ」

そう話す浅倉さんに見守られながら、私はふうと、カップの中の水面に息を吹きかけた。

彼らに必要とされるほど、自分に価値があるとは思えない。怪異だって怖い。死にたくない。

だけれど、こんな私を引き止めてくれるのなら。怖い思いをしたくないなら、そうならないために知識を身につければいい。知らないことは勉強して、ほんのちょっとでも、危険を回避できるように努力して。もう少しだけ、浅倉さんについて行ってみよう。

気持ちを新たに、お茶のカップを口に運ぶ。浅倉さんが、横目で私を見ている。

「ところでピヨちゃん、怪異の腹の中、どうだった？」

なにかと思えば、いきなり妙な質問をしてきた。

「なんかね。過去に運良く怪異から助け出された人たちに話を聞くと、皆、『恐ろしい夢を見た』みたいなこと言うんだ。そもそも助かる人が少ないから証言も希少だし、どの人も記憶が曖昧《あいまい》なんだけど」

「えっと……」

答えようとして、私はそこで口を噤《つぐ》んだ。朧気《おぼろげ》だけれど、覚えている。言葉で言い表せないが、感じていた想いははっきりと思い出せる。

痛みに支配された人の虚無。浴びる他人の悪意。希望のない日常。手が震えだす。

「うっ……」

カシャンッと、私はカップをソーサーに戻した。怖い。思い出したくない。体を折り曲げて顔を覆う。七瀬さんの心配そうな声がする。

震える私の肩に、浅倉さんが手を置いた。

「ごめんね」

浅倉さんはもう、それ以上は訊《き》いてこなかった。

第四章　ムクドリは観察する

県庁舎は、駅から歩いて十分程度の距離にある。
県庁舎は四つの建物で構成されており、昭和の初め頃に建てられた五階建ての洋館である本館を中心に置き、東館、西館、別館がそれを囲う。浅倉さんが在籍する地域振興課は東館にあり、これは十六階建ての高層ビルだ。西館は十階建て、警察本部が入った別館は二十階まであり、街を一望できる展望台が設置されている。シンレイ対策室のオフィスがあるのも、この別館だ。レトロな佇《たたず》まいの本館とシャープなビルのコントラストは、ドキッとするような美しさがあり、なんとなく特別な場所に見える。
別館に向かおうとして、本館前のベンチに目が行った。木々や花壇の花に囲まれたそこに、ランドセルを背負った女の子が腰掛けている。足元には太った猫が座っており、彼女はその猫と互いの顔を眺めていた。
小学三、四年生くらいだろうか。長い髪を耳の上でふたつに縛った、可愛らしい子である。可愛らしいのに無表情で、人形のようだった。彼女が暇そうに視線を注ぐのは、丸くて白い体に茶色い模様の、焼いた餅《もち》みたいな猫である。

学校帰りだろうか、寒い中ひとりでいるだなんて、どうしたのだろう。心配になって声をかけようかと迷っていると、女の子は、ちらとだけこちらに顔を上げた。そして、その眉間《みけん》に小さな皺《しわ》を刻む。

「うわ……」

それだけ呟《つぶや》いて、彼女はまた、猫と顔を見合わせた。

私は彼女と同じく眉を寄せた。なぜ見知らぬ子供に渋面を作られなければならないのか。釈然としない気持ちを抱えつつ、私は別館の入口へ向かった。

座っていた猫が、すたすたと歩き出す。女の子が猫を目で追う。

「あっ、行っちゃうの？」

「吾輩《わがはい》、おなかすいたですにゃ」

「ふうん」

会話を背中で聞きながら、私は先を急ぐ。

「ん？」

今、猫が喋《しゃべ》ったような。気のせいだろうか。振り返ってみたが、猫の姿はもうなく、ベンチに座る女の子の横顔だけが見えた。

＊

シンレイ対策室のオフィスには、七瀬さんと更科さんしかいなかった。

「京介、これ管理部に判子貰《もら》ってきて。こっちの資料は山下《やました》さんに渡すファイルに追加しといて」

「はいよ」

ふたりは息のあった仕事、というか、七瀬さんが指示をして更科さんが手足のように動く、絶妙なチームワークを見せている。私が来たことに気づいて、更科さんが作業の手を止める。

「おっ、陽世ちゃん来た。浅倉なら仕事が押してるらしいが、そのうち来るよ。ちょっと待ってな」

「陽世ちゃん来たならお菓子でも開けましょうか。京介、休憩ー」

パーテーションの向こうから、ビスケットのパーティパックを持った七瀬さんが出てくる。彼女はビスケットを、更科さんは持っていた書類を手にしたまま、それぞれソファに腰を下ろした。

七瀬さんがソファの背凭《せもた》れにくったりと体を預ける。

「ウミヘビの怪異で可能性が出てきた、ヨリシロ個体の死因と怪異の弱点の関係について、だけどね。国内外の研究論文をチェックしてみたけど、そんなデータはどこにもなかったわ」

「そうなんですか……。じゃあ、あの〝警告〟は偶然だったんですね」

「じゃなくて。陽世ちゃんのが『世界初』になる可能性があるってこと」

七瀬さんがソファの空いているスペースを叩《たた》いて、私にも座るよう促してきた。

「ヨリシロ個体の死因が、怪異を怯《ひる》ませる手掛かりになる……これが立証されたら、世界が注目するわよ。まあ、狩る前から死因を特定するの難しそうだから、鳥にでも教えてもらわないと分かりようがないんだけどね」

「立証されたところで、あんまり意味がないかもですね……」

私は七瀬さんの隣に腰を下ろした。バリッと、七瀬さんがお菓子のパッケージを開ける。

「我が対策室から新事実が発見されること自体に意味があるのよ。研究費の予算が増えるかも」

瞳《ひとみ》に火が宿る七瀬さんを、更科さんは半ば呆《あき》れ顔で見ていた。

「巻き込んでごめんな、陽世ちゃん。海外の研究チームが、新開発された検体解析キットを使って新しい発見をしたとかで、今日日《きょうび》の七瀬ちゃんは研究欲が加速してんだ」

怪異の研究は、秘密裏にだが世界じゅうで行われている。日進月歩、日々どこかで誰かがなにかに気づくのだ。

「そうなのよ、新事実発覚！　そこ以外の研究チームも私も注目してた現象だったんだけど、例の解析キットを使いはじめた件《くだん》のチームが、決定づける根拠を発見したの」

七瀬さんが興奮で早口になっていく。

「クラスB以上の怪異って、人に擬態するでしょ？」

「はい」

「その擬態する人間のモデル、怪異自身が喰《く》った人間なのよ」

ぞくっと、背すじが凍った。七瀬さんの声色は普段どおりだったが、この「新事実」は言葉に言い表せない気味悪さがあった。

「擬態中の外見と、行方不明者の容姿を照らし合わせる検証は、過去にも行われていた。だけど不明瞭《ふめいりよう》な点が多くて決定打に欠けてたの。それが新しい解析キットで初めて確定した」

怪異は、人を喰うほどに、リアルな人間に近づくという。その人間の姿に、お手本がいたというのなら。見た目も、声も、言動も、そっくり真似される実在の人物がいたというのなら。巫女《みこ》装束の後ろ姿、前髪を切り揃えた少年。あれは、存在しない架空の人物ではなかったのだ。

私は頭が痛くなった。

「それってつまり、怪異に喰われて行方不明になった人に、怪異自身が成り代わっていく……ってこと、ですよね」

怪異は、生物の死骸《しがい》を操り人形にするだけではない。喰われて無惨に亡くなった人たちの体も、人形にされていたのだ。

更科さんが、個包装のビスケットに手を伸ばした。

「でもこれってさ、言い換えれば〝死んだ人が生き返る〟とも言えるよな」

包みを開けて、彼はビスケットを口に運ぶ。

「例えば室長が怪異に喰われたとして、その怪異が見た目も言動も室長そっくりになったら……それが怪異だと分かっていても、本人がそこにいるような気持ちになっちゃうだろ」

「なんで例えが室長なのよ」

七瀬さんが顔を顰《しか》めた。

更科さんの言葉を、自分の中で咀嚼《そしやく》してみる。怪異が室長に化けて、室長然とした態度で私たちに接してきたら……。やはり一瞬くらいは、本物の室長と重ねてしまうのだろうか。いや、どうだろうか。

七瀬さんは少し落ち着き、彼女もビスケットを取った。

「こんな気持ちの悪い情報を最新ニュースにしておきたくない。陽世ちゃんが発見した個体の死因が無関係ではないという新説で、話題をかっさらってやりたい」

「つうわけで、この人変な燃え方してんの。〝警告〟は陽世ちゃんだけが手掛かりだから、次の現場も頼んだぞ」

　更科さんが力の抜けた声で言う。

「んで、次の現場といえば、室長がチャットに書いてたあれだよな」

「そうですね。私、それの詳細を確認しに来たんです」

　今朝、室長によるグループチャットの更新があった。市役所から新規案件の調査依頼書が来たそうで、各自対策室オフィスで内容をチェックするようにとのお達しだ。

　更科さんが二枚目のビスケットを摘《つま》む。

「陽世ちゃんには調査に同行してほしいけど、今回は浅倉はお留守番かな。あいつ、武器壊れてんじゃんな」

　彼の言うとおり、浅倉さんの銃は先の案件で水没し、壊れてしまった。怪異に応戦できる武器がないと、危険すぎて怪異に近づけない。

「あいつ、怪異狩るのに貪欲《どんよく》だからなあ。同行者がいないときですら、本業に託《かこ》つけて単独で調査してるくらいだし。今度も得意武器を封じられて、やきもきしてるかもな」

あんな異形のものに自ら嬉々《きき》として突撃していく浅倉さんは、やはり変人だ。

七瀬さんがビスケットを口に放り込む。

「民間協力員は特別待遇を受けられるから、陽世ちゃんも届けを出して警察署で訓練すれば、銃を使えるのよ。特訓してみない？」

「えっ、いや、私は結構です」

怪異の調査だけでも及び腰だというのに、銃を持つなど怖すぎる。更科さんも、真顔で何度も頷《うなず》いた。

「だよな。俺も無理無理。危険物を持ち歩くだけでも怖い。暴発したらどうすんだよ」

「あんたに銃持たせるのは私だって怖いわよ。京介は雑用だけしてて」

七瀬さんが私の前にビスケットを置く。個包装のそれを見下ろし、私はふたりに訊《たず》ねた。

「そういえばおふたりって、どういう経緯でバディになったんですか？」

室長と五十鈴さんの事情は聞いたが、七瀬さんと更科さんは、なぜ組んでいるのか聞いていない。更科さんは自称霊能者だが事実ではなく、雑用係として登用されているということくらいしか知らない。

更科さんは顔を背けて黙秘したが、七瀬さんはあっさり答えた。

「京介が怪異に襲われてたところを、私が助けたのよ」

その当時、七瀬さんは市街地の路地裏に出る怪異を調査していた。この頃はまだシンレイ対策室ができたばかりで、民間人を協力者に迎えるやり方は主流ではなく、七瀬さんは浅倉さんと共にいたという。

現場の路地裏では、まだなにも知らなかった更科さんがインチキ霊視の露店を開いていた。しかし彼が食い物にしていた客は、悩み抜いて霊視に縋《すが》ってしまうほど弱っていた人たちである。陰鬱《いんうつ》な空気が怪異を呼び寄せ、渦中の更科さんは見事にその餌《え》食《じき》となりかけた。

「で、調査中だった私がこいつを救ってあげたんだけど、なんせエセ霊能者でしょ？信用のおけない存在だから、しばらくオフィスに軟禁して外部に喋《しゃべ》らないように躾《しつけ》をしたのよ」

更科さんは怪異に襲われるという災難に遭ったうえに、シンレイ対策室に捕まったわけだ。私と状況は似ているが、私より措置が厳しい。しかし更科さんが詐欺まがいの商売をしていたことを考えると、フォローの言葉は思い浮かばなかった。

七瀬さんが更科さんに目をやる。

「オフィスに置いてる間、私の言うことを聞いて結構便利だったから、そのまま協力員として使っているの。楽観的な性格だから、怪異に強いタイプだし」

そう話す七瀬さんを横目に、更科さんは否定はしなかった。

「七瀬ちゃんには恩があるから、逆らえねえんだ」

「京介は有能っちゃ有能だけど、この性格だから恨みも買いやすくて、トラブルも多いんだけどね」

七瀬さんと更科さんは、私から見ても息が合っている。強さとか能力の有無ではなくて、肩肘《かたひじ》張らない関係で協力しあうのが、このペアの在り方なのだ。

「ともかく、こんな奴でも民間協力員は務まるのよ。だから陽世ちゃんも、あんまり考え込まないほうがいいわよ」

七瀬さんが細くため息をつく。

「けど陽世ちゃんにやる気があっても、相棒が浅倉じゃ疲弊しちゃうわよね。あの問題児、どうにかならないかしら」

「浅倉さんのバディは、半年もたない……でしたっけ」

以前七瀬さんから聞いた言葉を思い出す。更科さんが、過去の浅倉さんと組んだ民間人を指折り数えた。

「ここに加入する奴らだから、皆メンタルは強いんだけどな。浅倉って現場大好きだろ？　出動回数が他より多めになるから、そのせいで怪異に喰《く》われかけて怖い思いして、ビビって辞めてくんだよ」

私は、「なんとなく分からなくもない」と思った。更科さんが神妙な顔で唸《うな》る。

「この部署は秘匿の存在だから、一度入った人が辞めるのも結構複雑な手続きを踏まなきゃならないのに。浅倉はあの奔放な性格が対怪異の強みなんだけど、それが仇《あだ》になって、バディが長続きしない」

「そうそう。単独でさえなければいいから、私でも京介でも同行すればいいんだけどね。私は本業で都合つかないし京介も怖がるしで行ってやれないから、決まったバディがいてくれたほうがいいのに」

七瀬さんが悩ましげに手指を顎《あご》に添える。

「長続きしないといえば、浅倉、一瞬付き合ってた女の子ともすぐ別れたわよね？　浮かれてたのに即振られて、珍しく凹《へこ》んでたじゃない」

「ん!?」

ビスケットが、手から落ちそうになった。私の反応を見て、七瀬さんが目を瞠《みは》る。

「えっ？　なに？　興味ある？」

「別に……」

仕事以外の浅倉さんについて、七瀬さんから聞くとは思わなかったから驚いただけだ。しかし七瀬さんも更科さんも「ほう」とニヤニヤしだした。

「浅倉、愛想も見た目もいいから、そこそこ女の子にモテちゃうのよね。大抵の人はあの奔放さに付き合いきれなくて離れていくんだけど」

「陽世ちゃんまだ若いからな、あのくらいの歳上のお兄さんがかっこよく見えちゃうんだろうなあ」

「誤解です」

私がかぶりを振っても、ふたりはやめない。

「最近浅倉が気にかけてるヒカリちゃん、あれもたしか歳下だったわよね」

「おっと、これは嵐の予感だぞ」

「違いますって！　命を助けてもらってるから恩義はありますけど、全面的に変な人なの分かってるから、そんなふうには……」

慌てて否定すると余計に、取り乱しているみたいになってしまう。そこへバンッと、扉が開いた。

「僕の悪口やめてくださーい」

廊下まで声が漏れていたらしい。浅倉さんが、笑顔で怒りながら入ってきた。

そしてその後ろには、眼鏡のおじさんがいる。年齢は室長よりもやや下、四十代くらいだろうか。レトロな型のスーツに茶色いニットを合わせた、紳士的な空気を纏《まと》った人だ。

「浅倉さん。その方は？」

「あれ、ピヨちゃんは初めましてだったか。山下さんだよ。こども家庭課の課長さん」

浅倉さんが、後ろの男性を手で示した。

「兼、シンレイ対策室の副室長」

浅倉さんに紹介されたその人は、私に柔らかく笑いかけた。

「初めまして、小鳥遊さん。話は聞いています」

彼は私に、丁寧に名刺を手渡してきた。シンプルなゴシック体で刻まれていたフルネームは、山下稔《みのる》さん。

四角い眼鏡の奥で穏やかに目を細める、白髪交じりの男性だ。ゆったりしたテンポの丁寧な言葉遣いが、耳に心地よい。彼のしっとりした雰囲気に引っ張られるように、私は深くお辞儀をした。

「初めまして。対策室に副室長がいらっしゃったの、知りませんでした。ご挨拶《あいさつ》が遅れてすみません」

「ははは。副室長といっても、肩書きは単なる年功序列です。本業がバタバタしていて、なかなかこちらに来られませんしね」

山下さんがのんびりと会釈を返す。浅倉さんが、そうですねと頷《うなず》き私に目を向ける。

「僕ら職員も民間協力員も、それぞれ本業があるからね。同時に全員揃うことは、あんまりないんだ」

シンレイ対策室は、職員が様々な部署から寄せ集められている。協力員も、私は本業は大学生だし、更科さんもなにやら妙な商売をしている。本業の合間を縫って兼務をおこなっているので、こんなふうに、お互いタイミングが合わなければなかなか会わない人もいるのだそうだ。

浅倉さんが山下さんを横目に言う。

「室長がグループチャットに共有してた案件、山下さん案件だから、連れてきた」

「山下さん案件？」

きょとんとする私をよそに、更科さんがソファから腕を伸ばして、テーブルに置きっぱなしになっていた書類を山下さんに差し出した。

「ちょうど調査依頼書をプリントアウトして、そっちに回そうとしてたところ」

「いつもお仕事が早くて助かります。拝借しますね」

山下さんが書類を受け取り、浅倉さんがそれを横から覗《のぞ》き込む。私もソファを立ち上がり、彼らと一緒に書類を見せてもらった。

郊外に建つ市営団地で、幽霊騒ぎがあったらしい。かつて自殺者が出た部屋で、入居者が全員不調を訴え、すぐに退去しているという。

鉄板の怪談みたいな話に、私は眉《まゆ》を顰《ひそ》めた。

「所謂《いわゆる》、心理的瑕疵《かし》物件ですか。これは怪異は関係ないんじゃ？」

　幽霊だって広義の怪異だが、シンレイ対策室で扱う怪異とはちょっと定義が違う。浅倉さんは、書面の文字を目でなぞっていた。

「それが関係なくないんだよ。人が死んだ場所には残留思念が残る。だから強い怨念《おんねん》が残る死に方をした人のところには瘴気《しょうき》が溜《た》まっていて、必ずといっていいほど怪異が発生するんだ」

　いよいよオカルトっぽくなってきた。気味の悪い事実を告げてくる浅倉さんを、ソファから七瀬さんが見上げている。

「その人の遺体自体がヨリシロになるパターンもあるみたいね。まあ、そうなるほど遺体が放置されてたら、それはそれで別の事件なんだけど」

「と、いうわけで、無関係じゃないんだ。そして幽霊騒ぎ案件は、山下さんの得意分野なんだよ」

　浅倉さんはそう言って、書類から顔を上げて、隣の山下さんに目をやった。山下さんが眉をハの字にして微笑む。

「私の、というより、厳密には私のバディですが。先程こちらに呼びましたので、そろそろ来る頃です」

　彼がそう言ったときだった。キィとか細い音を立てて、扉が開く。廊下から覗かせる顔を見て、私は目が点になった。

耳の上で結い上げたツインテールに、寒さに晒《さら》されて赤くなった頬。身長は、私の肩の高さ程度。それは本館の前のベンチにいた、ランドセルの女の子だったのだ。

「あっ！　君、さっきの！」

「おや、知り合いですか？」

山下さんが扉に歩み寄り、女の子の背中を優しく押して、室内に導いた。

「娘の琴音《ことね》です。今日は私が半休を取っているので、一緒に買い物に行く予定だったんです」

この子が山下さんの娘さんだったとは。言われてみれば、落ち着きを感じさせる目元がよく似ている。

浅倉さんが琴音ちゃんの頭をぽんと撫《な》でる。

「琴音ちゃんはまだ十歳なんだけど、山下さんの娘さんであると同時に、彼のバディなんだよ」

「親子で組んでるんですか！」

こんなパターンもあるのか。それにしても、こんな小さい子を怪異調査なんて危ない仕事に駆り出して大丈夫なのだろうか。

私は腰を屈《かが》めて、琴音ちゃんと視線を合わせた。

「こんにちは。私、協力員として最近入ったの。陽世って言います。よろしくね、琴音ちゃん」

琴音ちゃんはにこりともせず、素っ気ない態度で私の名前を繰り返した。

「陽世ちゃん」

「はい！」

「このお仕事、向いてないよ」

突如断言されて、私は衝撃で固まった。琴音ちゃんは淡々と、子供っぽくない抑揚のない声で続ける。

「特別暗い人ってわけじゃないけど、とびきり胆力があるわけじゃない。怪異の餌になりやすいタイプだから、このお仕事は危ないと思うよ」

ぽかんとする私に、浅倉さんが言った。

「琴音ちゃんはね、第六感が鋭いんだよー。なんと瘴気を目視で確認できるんだ」

山下さんも、私に向き直る。

「そうなんですよ。琴音の勘がすごいから、対策室に呼ばれて。で、その親だからという理由で、私も対策室メンバーとして兼務してるんです」

「そんなケースもあるんですね……」

民間協力員が先に決まって、山下さんのほうがオマケのようについてきたという構図だ。私は一旦《いったん》感心したあと、聞き流しかけていた琴音ちゃんの言葉を振り返った。

「私、そんなに瘴気まみれなの？」

困惑する私を横目に、琴音ちゃんは不遜《ふそん》な態度であしらった。

「信じたくないなら信じなくてもいいよ。瘴気が目に見える人、あたし以外にいないから、証明のしようがない」

まだ小学生なのに、妙に大人びた子だ。七瀬さんがビスケットを齧《かじ》る。

「たしかに証明する手段がないんだけど、実際琴音ちゃんは理屈抜きで諸々《もろもろ》を見抜く。私たち大人が研究を重ねてもまだ行き着かない結論に、琴音ちゃんは勘で行き着いちゃう。ただ、『子供の勘』でしかないから、世界相手に論文を出せる根拠はないだけ」

浅倉さんも、そうそうと頷いた。

「琴音ちゃんと話してみれば、嘘じゃないってすぐ分かるのにね。世の中って意外と不思議なものだらけだよ。我が県の港町に人語を喋《しゃべ》る猫がいるらしいし、県外では精霊が見える人とか、人に変身するカラスも観測されてる。っていう噂」

「さすがにそれはただの噂……いや、どうなんだろう。本当なのかな」

冗談なのか本気なのか分からない浅倉さんの発言に、私は首を傾げた。

スピリチュアル的な直感とか、目に見えないはずのものが見えるとか。自称するのは更科さんみたいな人ばかりで、こういうものはフィクションの中だけだと思っていた。でも怪異などという不思議なものが存在しているような世の中だ。私自身だって、鳥の〝警告〟が聞こえる。琴音ちゃんの第六感も、きっと本物なのだ。

琴音ちゃんは不機嫌そうに天井を仰いだ。

「怪異のせいで買い物の予定が潰《つぶ》れちゃった。パパ、今日はハンバーグね。この前待ち時間が長くて諦《あきら》めたお店。じゃないとやる気出ない」

「五時間待ちだったお店かい？　今から整理券を取らないと、夕飯が遅くなってしまうな……。また別の日に連れて行ってあげるから、今日は勘弁してくれないか？」

山下さんが宥《なだ》めるも、琴音ちゃんは不服そうだ。彼女はドライな雰囲気ではあるが、まだ小学生だ。不満が顔に出るのも仕方ない。困り顔の山下さんと膨れっ面の琴音ちゃんの間に、浅倉さんがひょいと割って入った。

「調査、これから行くんですか？　僕、暇なんで、できれば同行したいです」

私は彼の顔を二度見した。武器がないと、怪異に近づけない。だが他の職員である山下さんが武器を携帯していれば、一緒に調査できるというわけか。

反応したのは、琴音ちゃんだった。

「えっ、桂くんも来てくれるの？」

彼女の無表情に光が差す。琴音ちゃんは、浅倉さんを下の名前で呼んで、彼のスーツの袖《そで》をきゅっと握った。満面の笑みではないが、きらきらした目から喜びが溢《あふ》れ出ている。

「桂くんいるなら、ハンバーグは別の日でもいいよ」

見ていた私は、口が半開きになった。ニヒルでクールな琴音ちゃんだが、これは。

七瀬さんと更科さんが、こちらを見てニヤアと笑む。

「浅倉、愛想も見た目もいいから、そこそこ女の子にモテちゃうのよね」

「琴音ちゃんまだ若いからな、あのくらいの歳上のお兄さんがかっこよく見えちゃうんだろうなあ」

なにやら聞き覚えのあるフレーズが、繰り返された。

＊

古い鉄筋コンクリートの市営団地の冷たい壁が、私たちを見下ろしている。市街地から車で二十分の住宅地、周辺の建物は低いけれど密集していて、なんとなく息苦しかった。空がうっすら曇ってきて、建物をより物々しく見せている。

「うわ……いかにもなにか出そうな雰囲気ですね」

私は山下さん親子と浅倉さんと一緒に、件《くだん》の団地を訪れていた。

電線にムクドリが数羽、とまっている。灰褐色の体に黒い頭巾《ずきん》を被《かぶ》ったような模様をし、顔は白い。全体の色は地味だが、くちばしと脚は黄色くて目立つ、可愛らしい鳥である。日頃から集団で行動する彼らは、等間隔で電線に並んで、ピュルピュルと鳴き交わしていた。

山下さんが団地へ入っていく。

「管理人さんからは許可を貰《もら》っています。早速、問題の部屋を見に行きましょう」

琴音ちゃんも物怖《ものお》じする様子もなく、すたすたと歩いて山下さんに続く。私はというと、入口で足が竦《すく》んでいた。

人が自殺している場所だと思うと、気が重い。そうでなくても心霊スポットだと分かっていて平然と入る度胸は、私にはない。浅倉さんがこちらを窺《うかが》う。

「もしかして怖い？」

「こ、怖くないですよ！」

小学生の琴音ちゃんが平気なのだ。彼女の手前、私も怯《おび》えてなどいられない。ガチガチに硬い挙動で一歩を踏み出すと、後ろで浅倉さんがふはっと笑った。

「大丈夫、うちのエース琴音ちゃんがついてるよ。それになにより、山下さんいるし」

なにやら意味深な語尾を残し、浅倉さんは私を追い越した。私はまだ体が強張《こわば》っていたが、ひとりにされるのも嫌で、速歩きで浅倉さんの背中を追いかけた。

案件の部屋は四階の突き当たりである。現在は空室となっており、調査のために、扉の鍵《かぎ》は開けられていた。

山下さんがドアノブを捻《ひね》る。ギイ、と、扉が軋《きし》みながら開く。当然ながら、中はがらんどうだ。照明の取り外された薄暗い部屋を、窓から差し込む弱い日差しだけが照らす。古い畳は黴《かび》臭くて、私は鼻を覆った。

ずんと、肩が重くなった気がした。私には霊感はないはずなのに、この場所にいるだけで無性に拒否感が湧く。外からはキュルキュルと、ムクドリの声が聞こえてくる。

玄関で立ち止まった琴音ちゃんが、顔を顰《しか》めた。

「死んだ人が抱えてた嫌な感情が、ここに籠《こ》もったままになってる」

彼女は顔を歪《ゆが》めながらも、室内へと進んでいく。琴音ちゃんが彼女にしか察知できないものを感じ取っている側で、山下さんが玄関の段差に躓《つまず》いた。

「わっ」

短い悲鳴を上げたかと思うと、体勢を整える間もなく、彼はびたんと床に突っ伏した。私は驚いて声を呑《の》み、浅倉さんは薄笑いを浮かべて彼を見下ろしている。琴音ちゃんは、気にも止めずに室内を見て回っていた。

「自殺の理由、なんだったのかな。ねえパパ、調査依頼書持ってきた？　ここであった事件の詳細を知りたい」

琴音ちゃんに促され、山下さんが体を起こす。

「ああ。あれ？　ここに入れたはずなんだけどな……」

鞄《かばん》を探るも、調査依頼書はなかなか出てこない。琴音ちゃんが訝《いぶか》る。

「まさか、忘れた？」

山下さんはたははと照れ笑いをした。

「浅倉くんに渡したかな？」

「貰ってませんよ」

浅倉さんはそう言うと、スマホの画面に指を滑らせた。

「更科さんからチャットが来てますねー。オフィスに置き忘れてるみたいです。親切に画像を貼ってくれてるので、調査依頼書の内容は読めますよ」

「よかった、更科くんは気が利きますね。どれどれ」

と、山下さんも自分のスマホを取り出したが、彼は突然スマホを玄関に叩《たた》きつけた。

「わあっ！　虫！」

近くに飛んできた虫を払おうとしたようだが、手からすり抜けたスマホは板張りの床にガラスを飛び散らせた。さらに勢いよく振り下ろした彼の腕が、浅倉さんに直撃し、倒れ込んできた浅倉さんが私に被さってきて、ドミノ倒しで壁に頭をぶつけた。

「痛あ！」

「あはは、ごめんごめん」

浅倉さんがけらけら笑う。私はそのまま彼に耳打ちした。

「ねえ浅倉さん。山下さんって、意外と……」

「そう、迂闊《うかつ》の擬人化みたいな人なんだよ」

私は声を潜めたのに、浅倉さんははっきりと言った。

「ぱっと見はジェントルマンなんだけど、ああ見えてありとあらゆるドジを踏む。でもシンレイ対策室に配属されるほどメンタルが強いから、全然めげないよ」

山下さんは床にしゃがんで、画面が割れたスマホを摘《つま》んで青くなっていた。それを琴音ちゃんが、白い目で見ている。

「パパ、現場荒らさないで」

「ごめんよ琴音……パパは、パパは所詮《しょせん》、君のオマケなんだ」

山下さんには申し訳ないけれど、残念なギャップに私も鼻白んでしまった。物腰が柔らかくて紳士的な人だと思っていたのに、案外、かっこ悪い。

そうしているうちに琴音ちゃんは居室を全て確認して、戻ってきた。

「戻ろ。調査資料、書かないと」

パパの天然には慣れっこなようで、琴音ちゃんは相変わらずドライだった。

＊

後日、琴音ちゃんの証言をもとにした調査資料が、山下さんの手で上げられ、シンレイ対策室内で共有された。最終的にまとめられる調査報告書の前段階、積み上げるデータのひとつといった資料だ。

今日もオフィスのメンバーは集まっておらず、いるのは私と浅倉さん、暇潰《つぶ》しに来ている更科さん、あとは琴音ちゃんだけだ。琴音ちゃんはソファで宿題の算数ドリルを解いており、横に座った浅倉さんにぴっとりと寄り添っている。

「ねえ桂くん。この問題、これであってる？」

「どれどれ。小四の算数くらいなら多分解けるぞ」

私はそれを、向かい合うソファから見ていた。そんな私の隣で資料を読む更科さんが、琴音ちゃんになんとはなしに訊《たず》ねた。

「琴音ちゃん、今日はパパ、来ねえの？」

「知らない。パパどうでもいい」

琴音ちゃんは、これまで以上に素っ気なく言った。

彼女によれば、団地の室内は怪異が寄り付く悪い空気にまみれていたという。

「霊山への信仰云々《うんぬん》以外にも、ああいうところは怪異が発生するよ」

琴音ちゃんが淡々と言った。

「あの重たくて息苦しい、こっちまで暗い気持ちになる空気……ああいう場所に死骸《しがい》が放置されて、だんだん腐ってくる頃、それが怪異になるの」

一瞬、私の頭の中に、ウミヘビの怪異の中で見た悪夢が蘇《よみがえ》った。怪異が飲み込んだ悪い空気、瘴気《しょうき》というのは、きっとああいうものだ。

瘴気が目に見えるというのは、どんな感じなのだろう。どんな形をして、どんな色をしているのか。こんなに小さな琴音ちゃんは、誰にも見えないそれを、ひとりで受け止めている。

「琴音ちゃんって、すごいね」

私は月並みな言葉でしか労《ねぎら》えなかった。

「瘴気が見えるの、私だったら、耐えられないかもしれない。琴音ちゃんは大人より大人だし、かっこいいよ」

「陽世ちゃんって、大人なのに子供っぽいもんね」

琴音ちゃんは容赦がない。私たちのやりとりを聞いていた浅倉さんが、前屈《かが》みになって琴音ちゃんの宿題を覗《のぞ》いた。

「琴音ちゃんだって、本当は怪異なんかに構ってないでお友達と遊びたいよね。僕が琴音ちゃんくらいの頃は、公園に秘密基地作って、友達と毎日遊んでたもん」

「えっ、かわいい」

私はつい、感じたまま口にした。少年期の浅倉さんが無邪気に遊んでいた姿を想像すると、微笑ましい。浅倉さんが目を上げて、こちらを見る。

「庁舎の近くの小学校に通ってたから、ここの前は通学路だった。で、かっこいい建物が密集してる県庁舎に勝手に想像を膨らませて、『県庁の地下には、化け物退治の特殊部隊の基地がある』って設定にしてさ。公園の秘密基地は、その分室」

昭和初期の洋館と、空に突き上げる高いビル。どことなく威厳のある建物は、子供たちの目には特別な場所に映ったのだろう。

「子供の柔らかい頭は、すごいこと考えつきますよね。……ん？　県庁の地下の特殊部隊って……」

まさに自分がいるこの場所を、私は改めて意識した。浅倉さんが、あははっと軽やかに笑う。

「まさかあの頃のごっこ遊びが、大人になってから現実になるなんてねー。思い描いてたのとは違って、お役所仕事だけど」

当時はまだ、シンレイ対策室自体なかったはずだ。あくまで浅倉さんや仲の良かった友達との空想遊びに過ぎない。

幼い頃に頭に描いていた、特殊部隊。形は違えど近いものが実在し、そして浅倉さんはその一員となった。奇跡的な巡り合わせである。

私たちが雑談する脇で、更科さんが資料を捲《めく》って二枚目を表に出した。

「この団地の居室、怪異が寄ってくる環境ではあったけど、いなかったんだな」

二枚目の資料は、浅倉さんが作ったものだ。脱線していた私は更科さんに引き戻され、こくりと頷《うなず》く。

「ムクドリが鳴いていましたが、〝警告〟はありませんでした」

琴音ちゃんは宿題の算数ドリルに、鉛筆を走らせている。

「怪異がいたら、発生以降に入る入居者全員とっくに喰《く》われてる。死者は出てないけど体調不良の人が出てるのは、瘴気に当てられて全身が疲弊するから」

「瘴気って、人を疲弊させるんだね」

「所謂《いわゆる》心霊現象の多くがそれ。霊感がある人は、瘴気に拒否感を示す。あたしには見えるから、分かる」

少女の甘い声なのに、感情の籠《こ》もらない口調でそのアンバランスさにぞっとさせられる。更科さんが資料をテーブルに置く。

「今のうちに瘴気を消し飛ばせば、怪異が発生する前に予防できんだよな。早めになんとかしてえな」

「そうだね。これは結構、緊急案件かも」

浅倉さんが珍しく難しい顔をしている。私にはぴんとこない。

「怪異が出てから何ヶ月も調査するのに、まだ怪異がいない案件は急ぐんですか？」

私の直球な質問に、更科さんが答えてくれた。

「怪異になる前なら喰われる心配がねえからな。調査に時間をかけなくてよくなる。そして今のうちに芽を摘んでおけば、被害者ゼロで解決できる」

その回答に、真顔の浅倉さんが補足する。

「なにしろ、現場が団地。これがまずい」

「そうなんですか？」

「人家の近くで出る死骸といえば害虫なんだよ。ゴキブリの怪異が出るわけさ」

途端に、私は声にならない悲鳴を上げた。浅倉さんは真面目な声で続ける。

「団地の他の部屋には人が住んでる。住人に殺虫剤をかけられたゴキブリが、弱ってあの部屋に移動。そこで人に見えにくい場所で身を潜めて死に、時間が経ってヨリシロになってしまうケースは大いにある」

青ざめる私をわざと怖がらせるみたいに、浅倉さんは止まらない。

「怪異の弱点はヨリシロに依存するでしょ？　ゴキブリといえばおなじみの生命力。弱点が少ない。しぶとい。頭を切っても脳がふたつあるから生きてるような虫だよ。

それが怪異になったら……」

「嫌！　分かったからやめてやめて！」

頭を抱えて拒絶する私を、浅倉さんは面白そうに眺めていた。

これは緊急案件だ。私は前のめりになり、真剣に考えた。

「瘴気を消し飛ばす方法か。怪異は霊山を嫌ってるから、霊山の物質が効くんですよね。じゃ、霊山の水を買ってきて撒《ま》くとか？」

「市販されてるものは純度が低いから意味ないよ」

ぱたんと、琴音ちゃんがドリルを閉じた。宿題が終わったみたいだ。

「京介くん。今日の商品、見せて」

「ん。あんまり売れなかったから、結構あるぞ」

更科さんがアタッシュケースを持ってきて、テーブルの上で開けた。琴音ちゃんがソファから立って覗き込む。私も、テーブルに手をついて一緒に見た。

中には仰々しいペンダントやパワーストーンの原石、木彫りの人形など、怪しいものが詰まっている。以前私に売ろうとしていたブレスレットもあった。

琴音ちゃんが顔を顰《しか》める。

「ガラクタばっかだね。あ、これいいかも」

小さな手が、粉の入った瓶を摘《つま》んだ。更科さんがにんまりする。

「お目が高い！　それは呪術師《じゅじゅつし》のオッサンから買い取った神聖な粉だ」

私は困惑して、浅倉さんに訊《たず》ねる。

「更科さんの商売って、インチキなんですよね？　あれで団地の瘴気を祓《はら》えるんですか？」

「そうだね、更科さんの商売道具は九割五分が偽物だよ」

そう言い切る横で、琴音ちゃんが瓶を掲げる。

「これの周りは瘴気が散ってる。古いからか力は強くないけど、ないよりマシ」

「殆《ほとん》ど偽物だけど、色んな人から色んなものを買い取ってるから、極稀《まれ》に本物があるんだよ。数撃ちゃ当たる式で、ほんとにたまにだけど。琴音ちゃんが選んだ粉は、多分、霊山の火山灰」

浅倉さんが言うと、更科さんが両手でピースした。

「実はこういうとき役に立つって理由もあって、シンレイ対策室入りしてんだ。雑用だけじゃないんだぞ。おっと琴音ちゃん、それは商品だから、持ってくならお金がいるぜ」

「経費で落とす。それじゃ、瘴気が怪異に発達する前に、片付けてこよう。桂くん、行こ」

琴音ちゃんは、ランドセルに瓶を入れて歩き出した。浅倉さんが彼女を目で追う。

「パパと行かないの？」

「パパとは口ききたくない」

「なんか今日、いつもよりパパに冷たくない？」

浅倉さんに問われると、琴音ちゃんは扉の前で立ち止まった。後ろ頭が、小さく項《うな》垂《だ》れる。

「……パパ、あたしの大事なぬいぐるみを、ぼろぼろで汚いって言った。だから、やだ」

「親子喧嘩《げんか》中かあ」

浅倉さんが困り顔で相好を崩す。私もつい、くすっと笑った。琴音ちゃんは年齢のわりに大人びているけれど、意外とこういうところもあるのが可愛らしい。

浅倉さんは琴音ちゃんから顔を背け、スマホを触りだした。

「琴音ちゃんの代わりに、僕とピヨちゃんが行くよ」

「瘴気《しょうき》が見えるあたしがいないと、粉が効いてるのか分かんないじゃん」

つれない浅倉さんに痺《しび》れを切らし、琴音ちゃんは、膨れっ面で振り返った。

「瘴気、早くなんとかしないとゴキさんの怪異になるよ」

「おお怖い怖い。じゃ、行こうか」

結局浅倉さんは、琴音ちゃんに従った。琴音ちゃんは小さな手で浅倉さんの指を摑《つか》んで、現場へと向かっていった。

＊

「桂くんとふたりで行くつもりだったのに。なんでついてくるの」

団地に向かう車内。途中で買ったいちごシェイクを飲みながら、琴音ちゃんが不服そうに私を睨《にら》んだ。彼女と一緒に後部座席に座る私は、ミルクティーのストローを咥《くわ》えて唸《うな》った。

「一応、私が浅倉さんのバディなので。それに小さい女の子と成人男性が一緒にいたら、事情を知らない人が通報しちゃうかもしれないし」

「はいはい、子供扱いは慣れてます」

琴音ちゃんが車窓に顔を向ける。生意気だなあ、と、私は胸の中で呟《つぶや》いた。だが琴音ちゃんは私より先輩だし、能力はエース級である。私は彼女より歳上ではあるが、それ以外に彼女に勝てる要素はなにもない。琴音ちゃんからしたら私のほうが生意気なのだろう。

浅倉さんの運転で、件《くだん》の団地に到着する。琴音ちゃんはさっさと車のドアを開け、団地へと向かっていく。

「瓶の中の粉を撒いておけば、瘴気は立ち消えるはず。行こう、桂くん」

「慌てると転ぶよー」

浅倉さんもついていく。私も車から降りて、ふたりに続こうとした。だが、駐車場のアスファルトに足をつけた瞬間、キンと、耳鳴りがした。

――建物の壁を登っていたよ。

「えっ!?」

鳥の〝警告〟だ。周りを見回すと、電線にムクドリの群れが、ずらっと並んでいた。甲高い鳴き声が雨のように降ってくる。私は浅倉さんと琴音ちゃんを引き止めた。

「待って、行かないで。〝警告〟が聞こえます」

先に行こうとしていたふたりが、足を止める。浅倉さんが露骨に残念そうな顔になった。

「怪異発生しちゃったか。ワンテンポ遅かったかあ」

「ゴキさんかな。この団地なんだか薄汚いし、いっぱいいそうだもん」

琴音ちゃんは団地を見上げ、四階の突き当たりを睨んでいた。

今は浅倉さんは銃を携帯していない。怪異とはち合わせる前に、ここは引き下がるしかない。

ムクドリたちは、私に〝警告〟しつつ、ムクドリ同士で話しているみたいだった。

——あれを食べたら死んじゃった。

——おいしいつぶつぶが入ってるから食べちゃったんだ。

「なんだろう……おいしい粒を食べて死んじゃったと話してる。なにか食べ物を持ち出してくる怪異なのかな」

私がムクドリの〝警告〟を復唱すると、浅倉さんは電線の鳥たちに顔を向けた。

「あの鳥たちがそう言ってるの？」

「はい」

「ふうん。ピヨちゃん、あの鳥、なにを食べるの？」

急に変なことを訊《き》いてくる。私は困惑しつつ、答えた。

「ムクドリは雑食で、木の実や虫を食べますよ。田畑や果樹園を荒らしてしまうこともあるので、害鳥とされてます。こんなこと訊くなんて、ムクドリに興味あるんですか？」

「この前のウミヘビの怪異のとき、ピヨちゃんはアオサギから釣り針の話をされてたでしょ。そんで、怪異のヨリシロは釣り針が原因で命を落としたウミヘビだった」

浅倉さんから言われ、私はひとつ前の案件を思い浮かべた。偶然かもしれないが、アオサギはヨリシロが恐れる、死のきっかけを教えてくれたような気がする。浅倉さんは、ムクドリたちの影を目で追いかけていた。

「もし鳥の〝警告〟でヨリシロの死の理由が分かって、それが弱点だとしたらだよ。ムクドリが言ってるのも、ヨリシロの話かもしれない」

そうか。この〝警告〟は怪異の行動ではなくて、ヨリシロがヨリシロになる前の行動を教えてくれているのか。私はムクドリの〝警告〟に耳を澄ませた。

――明るいうちは隠れてるよ。彼らはそういう生き物だから。

ヨリシロの生き物は、なにかを食べて死んだ。ムクドリが「おいしそう」と言う「つぶつぶ」が原因だ。

「ヨリシロは……多分、虫じゃないです」

私はしばし考えて、自分なりの答えを出した。

「ネズミです」

「ネズミ？」

琴音ちゃんが、小さな声で繰り返す。私は団地の外壁を見上げた。

「自然界では基本的に、毒のあるものは警戒されて食べられません。それを食べたということは、食いつくように設計されているもの……毒餌《どくえ》だと考えられます。ムクドリが『おいしそう』って言うなら、ムクドリと食性が近い生き物に向けた毒餌なんだと思うんです」

害虫駆除用の毒餌なら、ムクドリは食べない。一方、置き餌タイプの殺鼠《さっそ》剤は、ヒ

を食べる。マワリの種やトウモロコシで作られているものがある。ムクドリは、こういった種子

「明るいうちは隠れてるとも言っていて、これも夜行性のネズミの行動と一致します。建物の壁を登っていたそうだから、壁登りが得意なネズミ……クマネズミかハツカネズミかな」

ぽつぽつと考えを口にする。浅倉さんと琴音ちゃんは黙って聞いていたが、やがて浅倉さんは、つまらなそうな顔でスマホを弄《いじ》りだしてしまった。琴音ちゃんが落ち着いた声で言う。

「あのさ。怪異のヨリシロを特定するのって、普通何ヶ月もかかるんだよ。監視カメラにヒントが映っていればラッキーなくらいで、それがなければ聞き込みで行動パターンから推測して、過去のデータと照らし合わせて、検証を重ねて、ようやく的を絞るの。怪異の被害もまだなくて実体を見てもいないのに、そこまで絞り込めるの？」

「あ、そうだよね。こんな想像だけで断言したら、軽率だよね。ごめんなさい」

これまでの案件で、対策室の人々がどれほど慎重に調べてきたか聞かされているというのに、出しゃばってしまった。反省する私を一瞥《いちべつ》し、浅倉さんがスマホをスーツのポケットにしまう。

「そう、普通何ヶ月もかかる。それがこんなに一気にヒントが手に入るなんて、ピヨ

ちゃんの能力はすごいよ！」

彼の声は、だんだんと明るく跳ね上がった。

「やっぱり鳥の〝警告〟は怪異の活動範囲を教えてくれるだけじゃない。視力に優れていて、空から全体を見ていて、日頃から他の動物を観察している鳥だからこそ分かる……人間が知り得ないことを教えてくれる能力なんだ！」

目をキラキラさせて、彼は私の両手を自身の手で包みこんだ。

私は数秒、絶句した。もしかしたら、そうなのかもしれない。鳥たちは人間とは全く異なる視点で世界を見ている。彼らにしか見えないものがある。同じ場所に暮らしながら別の世界を生きている、そんな彼らに、私は心を奪われたのだ。

とはいえ、それを自分の能力に結びつけるのは、いかんせん図々《ずうずう》しい。

「でも、根拠はウミヘビと釣り針の一件だけですよ。本当にそうかどうか……」

自信を持てない私を、琴音ちゃんが冷ややかな目で見ている。

「今の段階では、まだ根拠は薄いね。でも検証の余地はあるよ。これが実証されたら、怪異研究の大きな一歩になる。世界初の発見かも」

「あれっ？　呆《あき》れられてるのかと思ってたけど、もしかして褒められてる？」

困惑する私の手を、浅倉さんはぶんぶんと上下に振った。

「すごいよー！　さすが、僕が見込んだだけはある。それにしてもピヨちゃん、鳥だけじゃなくてネズミにもやけに詳しくない？　ネズミも好きなの？」

「ネズミはカラスや猛禽《もうきん》の餌になるので、たまたまちょっと知識があっただけです。ともかく、今日はこれで帰りましょう。今は浅倉さん、銃ないし……」

そのときだ。大量のムクドリたちが、キュルキュルと激しく鳴きながら、電線を一気に飛び立った。

――逃げて！

私にそう言い残すように、〝警告〟が聞こえた。途端に緊張が走って、浅倉さんに握られる手が強張《こわば》った。急に青くなる私を正面から見つめ、浅倉さんも、腕を振るのをやめた。

まずい。今は武器がない。怪異に襲われたら、勝ち目がない。

浅倉さんが背後の団地を振り返る。彼の半歩後ろで、琴音ちゃんが例の部屋の窓を見上げる。

その琴音ちゃんの向こう、建物の壁に、そいつの姿はあった。

身長は琴音ちゃんほどだろうか。黒褐色の風船をブドウみたいにいくつも寄せて合体させたような、奇怪なものがいる。丸い部分は全て目玉とまぶたで、開けたり閉じたりしながら、中身がぎょろぎょろと回転していた。よく見ると細い枝状の足が生えており、垂直の壁に張り付いていた。

私の悲鳴は声にならず、息を呑《の》むだけとなった。

形容のしようがない、見たことのない化け物だ。だがあの色、足の形状には覚えがある。クマネズミのそれに、そっくりなのだ。

浅倉さんが振り向く。琴音ちゃんも、気がついた。しかしその黒褐色の化け物が這《は》いずってくるほうが素早かった。壁からアスファルトにするりと降りたかと思うと、瞬《まばた》きの合間に琴音ちゃんに触れそうなほどまで距離を詰めてきた。そしてブドウ型の体がパカリと半分に裂け、長い前歯が露《あら》わになった。

上顎《うわあご》は琴音ちゃんの頭のてっぺんを、下顎は琴音ちゃんのつま先を。琴音ちゃんを丸ごと、縦に飲み込めるほど、巨大な口だった。

途端に、私の頭にウミヘビの怪異に喰《く》われた瞬間がフラッシュバックした。全身が固まる。どうにかしないとと思うのに、呼吸すらままならなくて、手も足も動かない。

剝《む》き出しになった前歯が琴音ちゃんの頭上に振りかざされた。怪異の粘った唾液《だえき》が上顎と下顎を繫《つな》ぐ。怪異の吐息で、琴音ちゃんのツインテールが揺れる。

「琴音ちゃん……！」

私の声は、掠《かす》れて殆《ほとん》ど消えていた。

次の瞬間、琴音ちゃんの体は真横に突き飛ばされた。怪異の口がばくんと閉じたときにはもうそこに琴音ちゃんはおらず、空振りした口から唾液が滴るだけだった。

私は吹き飛んだ琴音ちゃんのほうに顔を向けた。駐車場のアスファルトの上に、ふたりぶんの影が重なって転がっている。琴音ちゃんと、もうひとり。レトロな型のスーツと、白髪交じりの後ろ頭。

怪異を振り向くと、口を閉じたタイミングを狙って飛びかかる浅倉さんがいた。動きにくそうなスーツ姿とは思えない軽い身のこなしで、怪異の無数の瞼《まぶた》に手をついて、それを軸に足を浮かせる。その足で怪異の体を蹴《け》り上げて、樹上の猿みたいに上っていく。

そしていつの間にか手にしていた銀色のナイフを振り上げ、怪異の体を切りつける。裂けた瞼から溢《あふ》れて飛び出した真っ黒な目は、突き立てられたナイフに串刺《くしざ》しにされ、黒い体液を噴出させた。

黒褐色の塊が、みるみるうちに白い砂に変貌《へんぼう》していく。足場が崩れてくると、浅倉さんは後ろに飛び退き、アスファルトに着地した。

「また調査前にやっちゃった。室長に叱られる」

苦笑気味にそうぼやいた後ろ姿に、私はへたりと、その場で座り込んだ。体ががくがく震えている。息をするのが精一杯だったが、なんとか声を絞り出した。

「武器、そんなの隠し持ってたんですか？」

浅倉さんが、持っていたナイフをスーツの内側に収める。

「霊山の素材さえ使っていれば、銃じゃなくても怪異にとどめを刺せる。銃のほうがより有利だってだけで」

浅倉さんの仕事は、失敗が許されない。武器はひとつではないだろうし、怪異が発生する条件が揃ったこの現場に、丸腰では向かわない。当たり前か、と納得した。

数メートル向こうで、琴音ちゃんと、彼女を突き飛ばしたお父さん……山下さんが息を荒くしている。山下さんは琴音ちゃんに覆い被《かぶ》さって、彼女を抱きしめていた。

「琴音……」

山下さんの大きな手が、琴音ちゃんの後頭部を押さえつけて、自身の胸に彼女のおでこを密着させる。

「よかった、生きてる」

斜めになって鼻までずれた眼鏡を直そうともせず、ただ、琴音ちゃんを両腕で包んでいる。山下さんの指の合間から、くしゃくしゃになった琴音ちゃんの髪が垂れている。琴音ちゃんは山下さんの胸でしばらく呆然《ぼうぜん》としていたが、やがてじわりと、涙を滲《にじ》ませた。

「パパ……パパあ……」

琴音ちゃんの手が、山下さんのスーツをぎゅっと摑《つか》む。山下さんは一層強く彼女を抱き寄せると、はあ、と、大きく息をついた。

＊

『サンプル：安武《あぶ》市営団地採集・クラスC』『ヨリシロ：クマネズミ』あの怪異の簡易解析の結果には、そう印字された。


「琴音が無事で良かった」

オフィスに帰ってきてからも、山下さんはそればかり繰り返している。ソファで琴音ちゃんを抱きしめて、何度も安堵《あんど》のため息をついていた。山下さんにぐりぐりと撫《な》でられる琴音ちゃんは、険しい顔で耐えている。

「パパ、しつこい」

冷ややかな態度だが、鼻の頭はまだ赤い。怪異から守るためとはいえ、山下さんに突き飛ばされてアスファルトに転がった琴音ちゃんは、足を擦りむいている。私はその手当をしながら、訊《たず》ねた。

「山下さん、どうして琴音ちゃんがあの団地に来てるって分かったんですか？」

と、この質問に答えたのは、給湯室からお盆を持ってやってきた浅倉さんだった。

「そりゃあグループチャットで共有したからだよ。他所《よそ》の娘さんを連れ出すんだから、保護者に報告するのは当然でしょ」

彼は給湯室で淹《い》れてきた紅茶を、ふたりの前に並べた。

「ついでに怪異のヨリシロがネズミである可能性も、グループチャットで共有したよ」

私は自分の端末の画面を見た。シンレイ対策室のグループチャットの通知が溜《た》まっている。

まず浅倉さんは、琴音ちゃんが団地に行きたがっている旨を報告し、山下さんに判断を仰いでいる。山下さんはあとからこっそり追いかけることで手を打って、浅倉さんと琴音ちゃんを現場に向かわせていた。

なにやらちょこちょことスマホを触っていると思ったら、浅倉さんはこれを打っていたのだ。彼は奔放に見えて、常識人である。

琴音ちゃんが鬱陶《うっとう》しげに眉《まゆ》を寄せる。

「桂くんからのチャット見てたんなら、団地に来る前にドラッグストアにでも寄って、殺鼠剤《さっそ》を買ってこられたじゃん。桂くんひとりでも怪異に勝てたからよかったものの。なんで手ぶらで来たの？」

琴音ちゃんが辛辣な言葉をかけるも、山下さんは、存外真剣な顔で言った。

「そんなの当たり前だろう。一刻も早く、琴音のところへ駆けつけたかったからだ。大事な娘が心配なのは、いけないことなのか？」

琴音ちゃんから腕を解《ほど》き、彼は彼女の肩に両手を置いた。

「私はシンレイ対策室の職員である前に、琴音のお父さんだ。浅倉くんと小鳥遊さんが見ていてくれているとはいえ、現場に行くときは必ずパパも一緒にって、約束しただろう。どうしてパパを置いていこうとした？」

真正面から目を合わせ、山下さんは琴音ちゃんに言い聞かせた。琴音ちゃんは毒気を抜かれてしばしぽかんとしていたが、やがて目を逸《そ》らした。

「だってパパ、あたしの大事なぬいぐるみ、汚いって言ったから」

「それは謝ったじゃないか。たしかに言い方が悪かった。私は、『汚れてきたから洗濯をしよう』と言いたかっただけなんだ」

山下さんが項垂《うなだ》れる。

「あのぬいぐるみは、咲子《さきこ》……ママの形見だ。琴音が大事にしてるのは、痛いほどよく知ってる」

聞いていた私は、息を止めた。

ママの、形見。

琴音ちゃんは、黙って下を向いて、小さな拳《こぶし》を震わせていた。

＊

「えー、じゃあ俺が売った粉は役に立たなかったのか？」

後日。シンレイ対策室のオフィスには、ソファに寝転がる更科さんだけがいた。この人は相当暇人らしく、用がなくてもここに遊びに来ている。私は向かい合うソファに座って、だらける彼を観察していた。

「役に立ってないわけじゃないようですよ。あの粉……霊山の火山灰は、浅倉さんが居室に撒《ま》いて、様子見中です」

琴音ちゃんが見定めた火山灰を撒いてから、心理的瑕疵《かし》物件の例の居室は、不思議と明るくなった。

あの部屋の瘴気《しょうき》はネズミの死骸《しがい》に取り憑《つ》いて怪異になったが、琴音ちゃん曰《いわ》く、部屋にはまだ充分な量の瘴気が残っていたという。だが火山灰が撒かれると、瘴気はじわじわと消えたそうだ。

一件落着。ついでに浅倉さんの拳銃《けんじゅう》も新品が支給され、彼も通常運転に戻った。

「琴音ちゃんってすごいですよね。小さいのに物怖《ものお》じしなくて、堂々として……」

私があの歳の頃、あんなふうには強くなかった。更科さんは、ソファの腕置きを枕にし、横向きで私を見ていた。

「強くなるしかなかったんじゃね？　あのパパを支えるためにも、あの子がしっかりしないとさ」

冗談っぽい口調だったが、声は真剣だった。

「琴音ちゃんに霊感が芽生えたのは、山下さんの奥さん……琴音ちゃんのお母さんのお通夜の日なんだってよ」

「……お母さん、亡くなったの、いつ頃なんですか？」

「五年くらい前かな。世界で流行《はや》ってた新型ウィルスで」

琴音ちゃんのお母さん、咲子さんが亡くなって、山下さんは深い悲しみに沈んでしまった。仕事も家事も手につかず、琴音ちゃんの身の回りの世話を最低限焼くだけで、塞《ふさ》ぎ込む日々が続いたという。

今よりもっと幼かった琴音ちゃんは、お母さんのお通夜の晩、突如山下さんに告げた。

「黒いもやもやが、家じゅう埋め尽くしてる。前が見えないよ、パパ」

咲子さんの無念と、山下さんの悲しみが、瘴気となって家の中に充満していたのだ。

「子供は柔軟だから、こういう能力が芽生えやすいんだよな」

更科さんは、やるせなげに言った。

奇妙な発言をはじめた琴音ちゃんに、山下さんは慌てた。母親を失ったショックと、動けない父親との生活でのストレスで、娘がおかしくなってしまったと考えた。

活力を失っていた山下さんだったが、琴音ちゃんを数々の病院に連れて回るために、塞ぎ込んではいられなくなった。そうしているうちに、自分にとっていちばん大切なのは琴音ちゃんであると、思い出したという。

山下さんは活動的になったが、琴音ちゃんのほうは解決しなかった。どの病院に行っても、異常は見つからなかった。

「で、それを当時職場の先輩だった室長に打ち明けて、それをきっかけに、対策室入りってわけだ」

「琴音ちゃんがこんな危険なチームに入るの、山下さんは反対しなかったんですか？」

「もちろん大反対だった。でも琴音ちゃん自身が『折角だから役に立ちたい』ってやる気だったから、山下さんが傍で見守るという条件で、ようやく合意したんだよ」

更科さんがソファから起き上がった。

「だからあのふたりは、ここへの出席率が低いんだよ。両方揃わないと、調査に行けないから」

私は山下さんを誤解していた。鈍臭くて情けない、頼りない人だと思っていた。

実際にそうだ。あの人は鈍臭くて情けなくて、頼りない。だけれど、そんな人並みな人なのに、この場所に立っている。琴音ちゃんのお父さんとして、愛する娘のために、できる限り全力で怪異にぶつかっていく。鈍臭くて情けなくて頼りない、それでいてかっこいいお父さんなのだ。

更科さんがこちらのソファに移動してきた。私の横に、ぽんと腰を下ろす。

「まあそれはさておき。俺が売ってるグッズが本物だって分かっただろ？　どう？　この前のブレスレット買わない？」

寄ってきたと思ったら、これだ。私は顔を歪《ゆが》めて、更科さんから仰《の》け反《ぞ》って離れた。

「それ、琴音ちゃんが見向きもしなかった物じゃないですか。完全に偽物でしょ」

「琴音ちゃんには見えない力が働いてるんだって。いいからほら、つけてごらん」

と、そこへ、オフィスの扉が開いて浅倉さんが入ってきた。彼は私たちを見るなり、ぎょっと目を見開いて、いつになく慌てて駆け寄ってきた。

「ちょっとちょっと、なにしてるの」

ソファの後ろに回り込み、更科さんの頬を掌《てのひら》で押しのける。浅倉さんの不機嫌顔が、私と更科さんの間に割り込んだ。

「ピヨちゃんは僕が連れてきた僕のバディでーす。変なもの買わせないでくださーい」

「なんだなんだ、陽世ちゃんが買ってくれないことくらい分かってるだろうに、なんでそんなに必死なんだよ」

更科さんがむすっとする。

「もしかして、俺と陽世ちゃんがイチャついてたからって焦った？」

「えっ!?　そうなんですか!?」

私が浅倉さんの横顔を振り向くと、浅倉さんは私を一瞥《いちべつ》だけして、再び更科さんに向き直った。

「なにを言ってるのかな、この悪徳商売人は。ピヨちゃんはまだ子供でしょうが」

「子供ではないですけど⁉　成人してますよ！」

私はまた、横から口を挟む。浅倉さんは歯牙《しが》にもかけない。

「学生のうちは子供みたいなものでしょ。少なくとも、僕の認識ではそうだよ」

しばし言葉を失った。それでは浅倉さんの中では、私は琴音ちゃんと同じ枠でカウントされているということか。

「私、ヒカリさんとそんなに年齢離れてないはずですよ」

「ヒカリちゃんは仕事上、気にかけてるんだよ」

浅倉さんは照れ隠しみたいに顔を背けた。凍りつく私を、更科さんが哀れみを含んだ目で見ていた。

第五章　スズメは好機を待つ

「なんだって!?　更科が!?」

シンレイ対策室のオフィス前の廊下。扉を開けようとした私は、びくっと手を引っ込めた。中から室長の大声が聞こえる。

「七瀬、大丈夫なんだな？　分かった、持ち帰らずそこにいろ」

緊迫した空気が漏れ出している。私はどきどきしながら、扉を開けた。

会議テーブルで電話をする室長と、銃を羽織の内側にセットする五十鈴さん、あとはふたりの様子を見ている浅倉さんがいる。室長はスマホを肩と耳の間に挟んで、慌ただしく身支度をはじめた。

「最悪逃げてもいいが、周辺の人の安全が最優先だ。知事と県警には俺から連絡しておくから、お前たちは……」

「室長、電話は一旦《いったん》切って、急いだほうがいいと思います」

浅倉さんがそっと助言する。室長は彼の言うとおり通話をやめ、コートを羽織った。

「じゃあ、俺と五十鈴は現場へ行くから、浅倉はこっちを頼む。準備しておくものは……」

「いいから急いでくださいよ」

浅倉さんにそこまで言われ、室長はやっと、五十鈴さんと共にオフィスを出ていった。浅倉さんが、いなくなった室長に向かってぼやく。

「室長ってば、落ち着けって。慌てる気持ちも分かるけどさ」

「あの、七瀬さんと更科さん、なにかあったんですか？」

私はまだどくどくしている心臓を押さえ、訊《たず》ねた。普段ならチャットでやりとりしている彼らが、電話で連絡を取り合っていた。あの様子なら、よほどの緊急事態である。浅倉さんが頷《うなず》く。

「大変なことになったよ。あのふたり……」

私はひゅっと息を呑《の》んだ。現場へ急行する室長、あの只事《ただごと》ではない慌てぶり。不安に駆られる私に、浅倉さんは告げた。

「怪異の生け捕りに成功した」

「いっ……」

一瞬、頭の中が真っ白になった。数秒の沈黙ののち、彼の言葉を繰り返す。

「生け捕り？」

私のコートのポケットの中で、スマホがチャットを受信した。七瀬さんが室長に電話をしている間に更科さんがチャットを送信したらしい。事情はそこに書かれていた。

更科さんがたまたま持っていた、変な占い師から買った変な風呂敷《ふろしき》に変な魔力があったみたいで、それを被《かぶ》せたら怪異を捕獲できた……とのことだ。

私は肺の中が空っぽになるくらい、大きく安堵《あんど》のため息をついた。

「おふたりが怪我をした、とかではないんですね」

「平気っぽいね。一応、報告せずに持ち帰りも放置もできないから、室長には急ぎで連絡を入れたってだけで」

浅倉さんがくるりとこちらに背を向ける。腰の高さのキャビネットに歩み寄り、上に載っていたレターケースを徐《おもむ》ろにどかしはじめた。

「すごいよねー、生きた怪異が手に入ったら、研究が捗《はかど》るよ」

「そっか、体液を回収するのと生体がそこにいるのとでは、全く違いますよね」

「怪異の生け捕りは世界各国で試みられていて、今回が初ってわけじゃないんだけどさ。やっぱ化け物捕まえるの自体楽じゃないし、捕まえたあとも管理が大変だから、なかなか例がないんだよ」

キャビネットの上の小物が、次々と会議テーブルに移動する。

「当対策室では設立以来初。室長が興奮するのも無理もないね」

「七瀬さんも喜んでいそうですね。怪異の研究にド嵌《はま》りしてる怪異オタクですし……」

私は給湯室で雑巾《ぞうきん》を濡《ぬ》らしてきて、すっきりしたキャビネットを拭《ふ》いた。

「怪異の管理って、どうやるんですか？」

「コンクリ固めの二重扉の部屋に閉じ込めて飼ったチームもあれば、封印の魔力がある って触れ込みの釘《くぎ》で怪異の体を固定したチームもあったかな。うちの場合は……どうするんだろう。例の風呂敷を使って上手《うま》いこと拘束する形になるのかな。信用して大丈夫なものなのか、怪しいけど」

怪異を人間の支配下に置く……これが全く想像できない。あんな不気味で凶暴なものを、それと分かっていながらどう接するのだろう。

そもそもどこで飼うのか。まさかここではないはずだ。県庁の地下になんて連れてきたら、なにかあったときに大惨事になる。

浅倉さんがパーテーションの向こうに消えた。奥から声だけ聞こえてくる。

「あとはケージを用意して……ヨリシロが嫌いそうなものも買い足しておこうかな」

私は浅倉さんと掃除をしていた、このキャビネットを見下ろした。

「まさかとは思うんですが、このオフィスで飼うんじゃないですよね？」

「残念ながら、そのまさかだよ。そのキャビネットの上がケージの置き場になる」

姿が見えない浅倉さんの返事に、私は絶句した。浅倉さんの声が続く。

「うちでの生け捕りは、前例はないけど前提はあってね。緊急事態マニュアルによると、こういうときはこのオフィスで保管するよう定められてる。入り切らないほど大きい怪異の場合は広い施設を持ってる他県に委託するんだけど、今回のはそんなに大きくない」

「あんな危険なものを、県庁舎で……？」

「怪異研究の設備は、どんなに簡易な施設でも建築基準が厳しく設けられていてね。このオフィスもそれ用に増築されてるから、壁天井床全部強化ボードでできていて、非常時には扉に鍵《かぎ》をかけて怪異が外へ飛び出さないようにする」

そう言われ、私は無意識に室内を見回した。一見普通のオフィスに見えるのだが、この部屋は特殊な施設らしい。

「非常時には扉に鍵って……中の人間も一緒に閉じ込められますよね？」

「死なば諸共《もろとも》。怪異を外へ逃がして無関係の職員や民間に危害を加えるくらいなら、まとめて封印ってことだね」

血の気の引く話である。そんなものがこれからここに運び込まれてくると思うと、今すぐ帰りたかった。いや、帰ろう。私にそこまでの責任はないはずだ。浅倉さんの間延びした声が聞こえる。

「とはいっても怪異なんて例外だらけなんだから、壁を突破する個体もいそうなものだけどねー」

怪異が来ない今のうちに、そっと帰ろうとした、そのときだ。オフィスの扉がバンッと開く。

「ついに捕獲に成功した……！　これであんな実験もこんな実験もやりたい放題だわ」

興奮で肩を震わす七瀬さんと。

「この風呂敷、マジだったな！　今後の怪異も全部これでいけんじゃねえの？」

同じく興奮で、声を弾ませる更科さんだ。

七瀬さんの腕には、唐草模様の緑の風呂敷が丸めて抱えられている。後ろからついてくる室長と五十鈴さんが、その風呂敷に向かってピリピリと警戒していた。

私は半歩後ずさりした。逃げるタイミングを失ってしまった。

風呂敷が内側からぽこぽこと動いている。中になにかいるのが分かる。七瀬さんの抱えられるサイズだから大きくはないのだろうが、今まで見てきた怪異は大抵巨大化したし、分かったものではない。

パーテーションに隠れていた浅倉さんが、ひょっこり顔を出した。

「お帰りなさい。偉業達成、おめでとうございます！」

「まだよ、これから！　これから研究成果を上げて、各国の過去の生け捕り作戦を上回る成果を出す！」

思ったとおり、七瀬さんは目をきらきらさせて無邪気にはしゃいでいた。パーテーションの奥から戻ってきた浅倉さんの腕には、プラスチックの板で囲まれた虫かごらしきものが抱えられている。

「ケージ、これでいいでしょうか」

「充分ね。早速入れましょ。ほーら怪異ちゃん、あなたのおうちよ」

七瀬さんはケージの蓋《ふた》を開け、中で風呂敷を開いた。私は咄嗟《とっさ》に身構えて、壁まで逃げる。

だが、透明なプラの壁の向こうに見えたその姿に、啞然《あぜん》とした。

真ん丸なフォルムに、茶色い頭と背中、黒いほっぺた。細っこい足でぴょんぴょんと跳ねて、周囲を窺《うかが》う、それは。

「スズメ……?」

「そう、スズメの怪異。たまたまこんな見た目だけど、油断してると人を喰《く》うわよ」

七瀬さんが、輝く瞳《ひとみ》をこちらに向ける。

スズメの怪異は、ケージの中で首を傾げている。怪異といえば、ヨリシロの原形を失うほど変形して、巨大化して、見るからにおぞましい姿をしているものばかり見てきた。しかしこのスズメの怪異は、怪異だと聞かされていても信じられないほど、そのままスズメの姿をしている。

私は思わず、感情がそのまま口から漏れてしまった。

「か、かわいい！」

「ピヨちゃん、鳥、好きだもんね」

浅倉さんが、どことなく冷めた笑顔で言った。

＊

スズメの怪異には、英語のスパローにかけて「すぱ郎《ろう》」という名前がつけられた。

すぱ郎のケージは、事前に浅倉さんが場所を作っていたキャビネットの上に置かれている。ケージの上には風呂敷《ふろしき》がかけられており、捕獲時と同じように封じられている。

私はこのケージの前で、ちょこちょこと歩き回るすぱ郎を眺めていた。

「かわいいですね。怪異と分かってても、この外見だと油断しちゃう」

それから、隣に立つ七瀬さんに訊《たず》ねた。

「これでも人を喰うんですよね。飲み込めるサイズじゃないけど……巨大化したり変形したりするんでしょうか？」

「そうね。なにかしら人を飲み込む手段を持ってるはず。でも、こうして風呂敷で封じておけば、攻撃できないみたい」

七瀬さんは、ケージに載せられた風呂敷の端を指で摘《つま》んだ。

すぱ郎は、ひと目見ただけではただのスズメと違いが分かりにくい。だが背中、翼の谷間が割れており、内側からゆらゆらと、黒い炎のようなものが見える。多分ここが怪異共通の弱点、目だ。

発見されたのは庁舎の裏。発見者は七瀬さんの同期の、交通基盤部都市計画課の職員だという。潰《つぶ》れて死んでいたスズメが急に動き出した瞬間を目の当たりにし、七瀬さんに報告したのだそうだ。

七瀬さんが感慨深そうに、私とすぱ郎とを交互に見比べる。

「怪異の生け捕りに成功した研究チームは過去に他にもあったけど、怪異が暴れ出してチームの人間が喰われたりして、やむなく殺しちゃうパターンばっかりなの。でもすぱ郎は、この風呂敷に収まるサイズだった」

怪異は人を喰うが、生物ではないため、食べないと死ぬわけではない。水も餌もなくても、このケージの中で永遠に暮らせる。すぱ郎は風呂敷の内側にいれば、人を襲わない怪異という、特殊な存在のまま居続けるのだ。

可愛らしいすぱ郎から目を離せない私と七瀬さんを、浅倉さんがソファから見ている。見ているだけで近づいては来ない。私は彼を手招きした。

「浅倉さんも観察しませんか？　こんなに傍で怪異を見られるのは珍しいですし、この子はぱっと見ほぼスズメで、かわいいですよ」

「怪異嫌い。かわいくない」

　キャビネットの上にスペースを作って、すぱ郎を引き取る準備まではしていたが、それだけだった。浅倉さんは最低限指示されたこと以外では、すぱ郎に関わろうとしない。いつも怪異と聞けば喜んで狩りにいく浅倉さんなのに、すぱ郎に関しては食いつきが悪いのだ。七瀬さんが苦笑した。

「ほっときなさい、浅倉は怪異が嫌いだから狩るだけ。狩れない怪異をわざわざ見ようとはしないのよ」

　それから彼女は、ケージにかけられている風呂敷を、指で摘んだ。

「ねえ陽世ちゃん、たしかお父さんが鳥の専門医って言ってたわよね。あなたも、鳥の保定はできたりする？」

「片手で押さえられる鳥なら。……もしかして、すぱ郎を？」

　驚く私を置き去りにして、七瀬さんはケージの蓋を開けた。風呂敷を手袋代わりにして、すぱ郎を掴《つか》む。そして掴んだすぱ郎を、風呂敷ごとこちらに手渡してきた。

「ちょっと捕まえてて」

「ええっ！　はい！」

　驚いたが、促されるまま私はすぱ郎を受け取った。人差し指と中指の間ですぱ郎の首を軽く挟み、掌の上で仰向《あおむ》けにする。すぱ郎は投げ出された脚をシャカシャカと動かして、姿勢を戻そうとする。

そのうちに、七瀬さんが風呂敷の端っこを細く切り落とした。切った布地をすぱ郎の左足に巻き付け、そっと結ぶ。

「京介が言うには、こうしておけば怪異の力を封じられるんだって」

くるんと、すぱ郎が姿勢を正した。自分を包む風呂敷を脱出して、短い距離を飛び、私の指に着地する。私は驚きと喜びの混ざった、弾んだ声を出す。

「わっ、指にとまった！」

「野生の意識はもうないみたいね。思えば怪異が人に化けるのは人に近づくためだし、こんなふうに少人数で接すれば、人に懐くのかも」

七瀬さんがすぱ郎の頭を撫《な》でる。嫌がる様子もなく、すぱ郎は心地よさそうに甘えている。七瀬さんはすぱ郎のふわりとした羽を愛《いと》おしそうに見つめた。

「人に懐いて、餌も水もいらず、掃除の必要もない、病気にもならず死なない。もはや人間にとっての、都合のよすぎるペットね。ペットを簡単に捨てる無責任な飼い主たちは、皆、怪異を飼えばいいわ」

「すごいこと考えつきますね……」

すぱ郎は私の指から七瀬さんの肩に移動し、会議テーブルにいた室長のもとへ飛んでいった。ひとりひとりに挨拶《あいさつ》をして回っているように見える。すぱ郎は浅倉さんのところへも行ったが、浅倉さんは手で追い払ってとまらせず、しつこいすぱ郎に耐えかねてついに彼のほうが給湯室に隠れた。

浅倉さんを見失ったすぱ郎が、私の指に戻ってきた。茶色い頭を俯《うつむ》けており、ちょっと寂しそうだ。

「落ち込んでる……ように見えるだけ、でしょうか。怪異って、感情ないんですよね？」

私が確認すると、七瀬さんは淡々と言った。

「過去に生け捕りに成功したとある海外のチームによると、そうね。脳波を測って『感情はない』と結論付けてる」

そう答えつつも、彼女自身はあまり、納得していない。

「だけど怪異は生物とは違うんだから、生物の研究と同じ検証では正しい結果が出ないと思うわ。本来脳がある場所にあるとは限らないし、脳ではない別の器官があって、そこで感情を持ってるとか……想像もつかないような構造をしてるのかもしれない」

「この世の理《ことわり》に反した存在ですしね。人間の理屈が通る相手じゃない」

怪異を生み出し成長させる、いわば怪異自身の正体は、瘴気《しょうき》だ。それは人間が抱えてきた感情だ。

感情の塊に、感情はないのだろうか。

七瀬さんは、すぱ郎のくちばしにそっと触れた。

「もしも怪異に感情があって、人と分かり合えるとしたら、きっと、共存の道が見えてくる」

「怪異と共存……？」

「うん。化け物相手にバカじゃないかって思われるかもしれないけど。例えばこのすぱ郎も、このまま保存すれば、人を襲わず人に馴《な》れた怪異でいられる」

彼女はどこか夢を語るような口調で、ぽつりぽつりと話した。

「もうむやみに殺さなくてもいいように、なにかいい方法があれば……それを研究で見つけられたら、いちばん良いのに」

そこへ、会議テーブルで書類作業をしていた室長が、声だけ投げてきた。

「まだそんな理想描いてんのか。化け物は化け物。同情してたらキリがねえ。割り切れ」

「割り切ってますよ。けど、別の道が拓《ひら》けそうなら考えるのも、この仕事でしょう」

七瀬さんが言い返すと、室長は困り顔で頭を掻《か》いた。

「そのスズメも、万が一の場合は殺すんだから。情が移りそうならあんまり見るな」

すぱ郎は、私たちを見上げて首を傾げていた。

＊

翌日。会議テーブルには五十鈴さんが腰掛け、すぱ郎のケージの前には、山下さんと琴音ちゃんがいる。

「外見だけならスズメにしか見えない。愛らしいですね」

「この風呂敷すごい。本当に怪異を封じ込めてる」

山下さんはほのぼのとした顔ですぱ郎を眺め、琴音ちゃんは風呂敷の力に感激している。琴音ちゃんがこう言っているのなら、風呂敷の力は本物なのだろう。更科さんが仕入れるものはインチキ品ばかりだが、ごく稀《まれ》に本当に効果のあるものがある……とは聞いていたが。

山下さんが楽しげに、すぱ郎の動きを目で追う。

「このままなら飼い慣らせそうですね。人に協力的な怪異がいれば、研究が進みます」

すぱ郎がケージの中を跳ねて、私の傍まで寄ってきた。山下さんが微笑む。

「小鳥遊さんに懐いていますね」

「懐いてるってことは、その人のことが好きってことだよね」

琴音ちゃんがキャビネットに頬杖《ほおづえ》をつき、すぱ郎の後ろ姿を見て言う。

「怪異には感情がないって聞いてたのに」

「そうだね、琴音。怪異にももしかしたら感情があって、愛情も持ち合わせているのかもしれない」

胸がチクリと痛む。怪異はなにかを忌避したり、逆に近づいたりする。それがただの反応ではなくて、恐怖や興味、愛などの感情の表れなのだとしたら……。

彼らを問答無用で、一方的に調べ上げて狩る私たちは、果たして正しいのだろうか。

そんなことを考えた私に、会議テーブルの五十鈴さんが言った。

「この仕事は人の生活を守ることが第一。化け物共に感情があろうがなかろうが、人を喰《く》うなら、人類の敵だ。誰かが始末しなくては、支配されるだけだ」

彼を振り返り、琴音ちゃんが呟《つぶや》く。

「ストイックー。五十鈴おじちゃん、怪異に容赦ない。まあ、あれが正解なんだろうね」

『相手は化け物、同情の余地はない』

浅倉さんも、以前、そう言っていた。

人間のやり場のない感情は、怪異を寄せ付ける。同情はしない。だから彼は判断が早くて、一切の迷いもなく怪異を狩る。

琴音ちゃんが、五十鈴さんを見つめる。

「ねえ五十鈴おじちゃん。怪異にはやっぱり、感情はないのかな」

「そうとでも思い込まないと、やってられんだろう」

五十鈴さんは、それきり口を結んだ。

もしも怪異が人間と同じように、豊かな感情を抱えていたら。喰われないように狩る人間と同じで、怪異だって、狩られないように喰う、人と対等な存在になる。五十鈴さんは優しい人だから、そうであってほしくないと、願うのだろう。

山下さんも、苦笑交じりに同意した。

「怪異に感情があったところで、危険なものは危険です。私たちは自分を守るために、彼らを許してはいけない。言ってみれば、変質者のようなものです」

なるほど、変質者。その辺にいても気付けなくて、安寧を突然脅かす。言い得て妙である。

「こんなものが世に潜んでいると思うと、琴音が家と学校を行き来するだけでも心配になってしまう」

山下さんは大きな手を、琴音ちゃんの肩に乗せた。小さな娘という、守りたい存在がいる山下さんにとっては、怪異はそんな存在なのだ。

琴音ちゃんは上目遣いで、心配性のパパを見た。

「あたしはもう、なんか、慣れちゃった」

彼女の無表情が薄《うっす》らと、ケージのプラの壁に映っている。

「怖いけど、怖がっててもどうしようもないし。そういうものだって諦《あきら》めるしかない」

こんなに小さいうちから怪異の存在を知り、対策のために尽くしている琴音ちゃんは、私の意識より遥《はる》かに上のステージにいるのだ。

「いなくなってくれればそのほうがいいけど、いなくならないなら、せめて、防御の手段を知れるだけ知りたい」

「そうだね。怪異の恐ろしさは、その危険性もあるけれど、なにより『分からなさ』だ」

山下さんのおっとりした声が、静かな室内に響く。

「人は、理解の及ばないものを恐れる。怪異は未知の領域が多く、例外だらけで、調べても調べてもまだ調べ足りない。すぱ郎さんが研究に貢献してくれるよう願うばかりだ」

そこへ、扉が大きく開かれた。室長を先頭に、浅倉さんと七瀬さん、更科さんが入ってくる。室長が室内を見回した。

「全員揃ってるな。それじゃ、早速始めるぞ」

珍しく全メンバーが集合した理由は、これだ。今日は生け捕りにした怪異の実験計画会議……即ち、すぱ郎の今後の扱いを話し合うのだ。

室長の音頭で、全員が会議テーブルに着席する。

議題は主に、すぱ郎を使った実験の内容と、そのスケジュールについてである。身体測定は毎日行い、ヨリシロが嫌うものを近づけて反応を見る実験を段階的に取り入れる。また、ヨリシロの死因が特定され次第、死因に基づいた反応があるか、検証を始めるという。

室長が険しい顔で言う。

「すぱ郎は、風呂敷《ふろしき》の足輪で封じておけば、人を喰わない。しかしすぱ郎が解《ほど》くかもしれないし、突然風呂敷の効果が切れるかもしれない。あれが人を喰う化け物であることを、忘れるな」

そして彼は、事務的に告げた。

「人を喰いそうになったら、即座に殺せ。それまで、ギリギリまでデータを取る」

私の頭に、すぱ郎が指にとまった感触が蘇《よみがえ》った。軽くて、柔らかくて、細い爪が少しだけ指に刺さる、あの感触。私を、見上げる黒くつぶらな瞳《ひとみ》。

あれは怪異だと分かっていても、いつかは殺すと思うと、胸が痛んでしまう。下を向いてしまう私を、浅倉さんが一瞥《いちべつ》する。見ただけで、なにも言ってはこなかった。

七瀬さんも一瞬ぴくりと眉《まゆ》を動かしたが、彼女は落ち着いた声で、「はい」と応じた。私は、七瀬さんがすぱ郎を見つめるときの、優しい目を思い出す。怪異にも感情があるのかもしれない、そう考える七瀬さんは今、胸の内でなにを思うのだろう。

室長は、彼女の顔色を見て呟いた。

「怪異に同情か？」

七瀬さんは、口を閉ざした。返事に詰まる彼女に、室長が言う。

「いいか。怪異のヨリシロは、生きていた頃の記憶も性格も全部忘れて、ただ人を喰うだけの怪物になったかわいそうな連中だ」

落ち着いた声が、静かな室内にしんと馴染《なじ》む。

「安らかに眠れずに永遠に彷徨《さまよ》い続けてしまうあいつらを、終わらせてやる。それもひとつの優しさだ。どうせ同情するなら、そう心得ろ」

室長の言葉は、私にはまだ、上手《うま》く呑《の》み込めなかった。

＊

すぱ郎がやってきて、三日が経った。七瀬さんがふむと唸《うな》る。

「やっぱり、気のせいじゃない。陽世ちゃんに懐いてる」

すぱ郎は今、私の指にとまっている。首を傾げるすぱ郎と目を合わせ、私は苦笑した。

「多分、皆さんに比べて私がネガティブだからですね。怪異は明るい人のところより、暗い空気のところを好むらしいですから」

「そうかしら？　もしかしたら、陽世ちゃんが鳥好きなのを、この子も感じ取ってるのかもしれないじゃない」

七瀬さんはふふっと笑って、すぱ郎の茶色い頭を指先で撫《な》でた。

「私は、この子を拘束して体液を採取してと、すぱ郎が嫌がることをする。すぱ郎は陽世ちゃんのところへ逃げる。もしかしたらすぱ郎は、陽世ちゃんのこと、自分をいじめない安心できる人だと認識してるのかもね」

そう言われて、私は七瀬さんの研究室を見渡した。白いテーブルとその上に並んだ実験器具、薬品、武器、テーブルに向かうように取り付けられた鳥よけスパイク。すぱ郎が来てからパーテーションの向こうの研究室に初めて入った。鳥の保定が上手いという理由で、私はすぱ郎の実験の手伝いをしている。

すぱ郎は私に懐いているのだろうか。そうだったらいいなと、少し、思ってしまった。

「怪異に感情はないはず、です。だから私に懐いてるわけじゃないと思います」

「『もしかしたら』の話よ。懐いたらかわいいけど、情が移ったら殺しにくいわね」

七瀬さんが半ば冗談っぽく返す。彼女の上着の中で、スマホが鳴った。

「本業から呼び出しだわ。ごめん陽世ちゃん、すぱ郎、ケージに戻しておいてくれる?」

「はい」

「ちょっとくらいなら出しっぱなしにして遊んでいてもいいかもしれないけど、もうすぐ浅倉がこっちに来るのよ。陽世ちゃんと仲良しなすぱ郎にやきもちやくといけないから、しまっておきましょ」

面白おかしく言って、七瀬さんは研究室をあとにした。私は指の上のすぱ郎と顔を見合わせた。

「やきもちって……。突っ込む前に行っちゃったし」

私はひとつ息をついて、テーブルに置かれたすぱ郎のケージの蓋《ふた》を外した。浅倉さんが来る前にここに戻そうと、すぱ郎を摑《つか》もうとした、そのときだった。

すぱ郎のくちばしが、がぱっと開いた。愛らしい顔が裂けて、くちばしの奥からメキメキと、なにか出てくる。

思考が停止した。

私の指を摑む、すぱ郎の脚に目を留める。いつの間にか、結びつけた足輪がなくなっている。

ケージにかける風呂敷を手繰り寄せ、すぱ郎に被《かぶ》せようとしたが、遅かった。すぱ郎の口から、太い鳥の脚が五、六本、突き出してきていた。どう見たってすぱ郎の体には収まりきらない、人間の顔を摑めるほどの足だ。鋭い鉤爪《かぎづめ》がこちらに伸びて、私の首を押さえる。

「いや、なんで……」

無数の鳥の足が私の頭をがっしりと摑んで、視界を奪う。頭から引きずり込まれる感覚のあと、私の意識は途切れた。


ハッと、視界がひらけた。薄暗い室内で、布団を被っている。

「え？　流行《はや》ってるのにこの曲知らない？　テレビ観ないで野鳥探してるから？」

「あの玩具《おもちゃ》のカメラ、男の子用の玩具じゃない？」

「鳥？　食べるの？」

他人の嘲笑《ちょうしょう》が頭の中をぐるぐる巡って、眠れない。悲しくて、惨めだ。

ひとつのまばたきの後、周りの景色が小学校の教室に変わった。また、知っている誰かの声がする。

「カラスなんて怖ーい」

思い出されるのは、ウミヘビの怪異の腹の中。あれと同じだ。きっと私は今、すぱ郎に喰《く》われて悪夢を見ている。

ただ、ウミヘビのときとは、確実に違うところがある。

「陽世ちゃんって、変だよね」

これは、私の記憶なのだ。

周りの景色がくるくる変わる。親戚《しんせき》の家、中学で行ったハイキング、学校の先生の顔、家の近くの空き地——。

「先生ー、陽世ちゃんが、鳥が喋《しゃべ》ってるって、嘘ついてまーす」

違うの。〝警告〟が聞こえたから、注意しようと思って……。

「あの子、鳥の番組ばっかり観てるんだって。だからアイドルの話についてこられないんだよ」

私はただ、夢中になるほど鳥に焦がれていた。彼らの美しい世界を、友達にも知ってほしかった。幼かった私は、自分の熱量を他人に押し付けてしまって、そうしていつの間にか、周囲から浮いていった。

どうしよう。孤立する。周りから浮いてしまう。皆と足並みを揃えないと、迷惑をかけてしまう。

お父さんのせいだ、お父さんが私に鳥を教えたから。そうしてお父さんに八つ当たりをする自分も嫌いで、余計に眠れなくなる。

「ごめんなさい……」

相手の顔色を窺《うかが》ってしまう自分の性格を形作ってきた、数々の小さな傷の記憶。それが一気に押し寄せてきて、息ができなくなる。

周りの景色が、今度は公園に変わった。目線の高さは子供のそれで、正面に向かい合っているくずかごが、やけに大きく見える。

私はその投入口に、手を伸ばした。今よりもずっと小さな両手で、玩具のカメラをくずかごの中へと転がそうとする。

と、その瞬間、ぐるんと風景が一転して、真っ赤な夕焼け空が私の周りに広がった。ヒヨドリが飛んでいる。蟬の声が降り注ぐ。自分の前には、白いワンピースの女性と、脚に怪我をした小さな女の子がいた。

これは、私の記憶ではない。今まで全て私の過去だったのに、今のこの景色は、初めて見るものだ。

でも、あの幼い女の子への愛《いと》おしい気持ちは、自分のもののように感じられる。私の視界も、心も、視点の主とシンクロしている。

――だめ！

突然、頭の中に〝警告〟が響いた。空のヒヨドリだ。ピーッと、警笛のような鋭い声がこだました。

――そいつに近づくな。イガイガの虫。ペッと捨てた、悪い虫。

「なに……!?」

声が聞こえるのに、体は自分のものではない。女の子を引き止めたくても、動けない。止まった視点から、小さな後ろ姿を見送るだけ。

「おいで」

ワンピースの女性が、女の子に向かって腕を広げる。優しそうな彼女のほうへと、女の子は足を引きずって向かっていった。

汚れたスカート、血の滲《にじ》んだ靴下。女に縋《すが》り付く、小さな手。

その後ろ姿が突如、バクンと、喰われた。

はらりと、帽子が舞う。女の頭が十字に裂けて、その割れ目が、女の子を頭から飲み込んでいる。

私は、その場で凍りついた。

女のワンピースは、いつの間にか黒と黄色の警戒色に染まり、全身から白い繊維を伸ばしていた。女の子の体が、飲み込まれていく。

視点の主は、堪《たま》らず走り出した。頭の中がぐちゃぐちゃになる。純粋な恐怖、追いつかない理解。妹を見捨てて逃げる、自分への嫌悪感。

吐き気を催すほどの暑さと、激しい蟬の声。Tシャツが汗で背中に張り付く。

突然、女性のヒステリックな声がした。

「どうしてあの子をひとりにしたの！　母さん、ちゃんと見てるように言ったでしょ⁉」

ぐるりと風景が切り替わる。スリッパを履いた女性の足と、床が見える。私は顔を俯《うつむ》けていて、叱責《しっせき》するその人の顔を見られなかった。

「お兄ちゃんなんだから、しっかりしてよ！」

ごめんなさい、ごめんなさい。だって、死にたくなかった。

なにも言い返せないが、胸の内では言い訳をした。

あの子は化け物に喰われてしまった。彼女を見捨てて、自分だけ逃げてきた。そんな事実を話したところで、きっと誰も信じない。自分自身も、信じられない。

あの子――妹は、ひとりで家を出て行って、そのまま行方不明になった。兄は、妹から目を離していた。なにも見ていなかった。

そういうことになった。

「お前が――を殺したようなものだ」

「あんたじゃなくて、――が生きてたら……」

「――ちゃん、かわいそう」

冷たい視線と、突き刺すような言葉が、無限に降り注いでくる。まるであの日の蝉の声のようだ。

両親から向けられる視線も、蔑《さげす》む周囲も、自己嫌悪も、逃げ場がない。目の前が暗転して、知らない誰かの睨《にら》む目元、他の誰かの嗤《わら》う口元が見えて、両親のため息が聞こえて。

「やだ。やだ、ごめんなさい。ごめんなさい」

私は頭を掻《か》き乱して、座り込んだ。叫ぶほどの声も出ず、掠《かす》れた声で繰り返すだけ。

「ごめんなさい……」

と、そこへ突然、耳に馴染《なじ》んだ声がした。

「ねえ、ピヨちゃん」

知らない記憶の中にいるはずなのに、その声は、私の名前を呼んだ。ゆっくりと、顔を上げてみる。革靴、グレーのスーツ、ネクタイ。そこにいたのは、眉《まゆ》を寄せて周囲を眺める、浅倉さんだった。

「これ、すぱ郎の腹の中？　内臓の中とかじゃなくて、異空間に飛ばされた感じなんだね」

「あ、浅倉さん？　なんでここに……？」

「すぱ郎の腹の中だとしたら、喰われたんだねえ。僕も、君も」

冗談みたいに苦笑しながら、浅倉さんは私に手を差し出した。私はその手を取って、脚をがくがくさせて立ち上がる。

「私は喰われた自覚あるんですけど、浅倉さんはなに？　いつも怪異を見たら躊躇《ちゅうちょ》なく撃ち殺すじゃないですか。その浅倉さんがすぱ郎ごときに喰われるって、どれだけ油断してたんですか？」

「震えてるくせに言うねえ！　こっちはピヨちゃん捜してて喰われたってのに」

浅倉さんは、口の端からちょこっと牙《きば》を覗《のぞ》かせた。

「七瀬さんからのチャットでは、オフィスにピヨちゃんがいるって書いてたのに、見当たらないじゃん？　それで研究室覗いたら、すぱ郎のケージ開いてて、すぱ郎いないじゃん？」

彼の声は、徐々に尖《とが》っていった。

「とりあえずマニュアルどおりに鍵《かぎ》をかけようとしたんだけど……怪異が小さかったのが災いした。背後を取られたことに、気づかなかった」

室内に放たれたすぱ郎は、その体の小ささを活《い》かして隠れていた。そして浅倉さんを奇襲したのだ。それを聞いて、一気に罪悪感がこみ上げる。

「ごめんなさい、ごめんなさい！　私のせいで浅倉さんまで！　私がすぱ郎の足輪が取れてることに気づかなかったから……」

半泣きになってあわあわと謝ることしかできない。そんな私の後ろ頭を、浅倉さんはパンッと引っ叩《ぱた》いた。

「痛あ！」

「反省はあとにして、ここからどうやって抜け出すか考えよう」

「正論……でも、喰《く》われたんですよ？　抜け出せるものでしょうか」

「それを今から考える」

周りの景色がまた、一転した。今より少し若いお父さんが、悲しそうな顔をしている。この顔は、大人になった今の私の頭の中にも焼き付いている。

「クラスの子から、鳥が好きなんて変だって言われた。お父さんのせいで、私、変な子だと思われちゃった！」

幼い頃の私は、お父さんに八つ当たりをした。お父さんは傷ついた顔をしたが、反論したり、私を宥《なだ》めたりはしなかった。

あのときのお父さんの気持ちを想像しては、私は今でも、自分の幼稚な八つ当たりを悔やんでいる。お父さんは、私に鳥の世界の美しさを教えてくれた人なのに、酷《ひど》いことを言ってしまった。

浅倉さんが、私のお父さんを冷静に見ている。

「これ、ピヨちゃんの記憶？」

「はい。……なんで分かったんですか？」

「お父さん、ちょっと似てるから」

浅倉さんはそう言うと、腕を組んで一層まじまじとお父さんを眺めた。

「多分これは、怪異に喰われた人の瘴気《しょうき》だ。胸の内に押さえつけてきた、どうにもならない過去の記憶」

ウミヘビの怪異の腹の中を思い出す。あのとき私が生々しく体感した光景は、全て、かつてあの怪異に喰われた人々が見てきたものだったのか。

「怪異が喰ってるのは、人間そのものというより、こういう感情なのかもしれないね。怪異が影のある人に寄り付くのも、悲しみながら亡くなった人の部屋とか、悪意の掃《は》き溜《だ》めみたいな場所に現れるのも、そういう事情なら辻褄《つじつま》が合う」

「喰われたのに、冷静ですね」

「メンタル強いのが取り柄だからね！」

なるほど、こういう人なら、嫌な記憶を自分の中にいつまでも滞留させない。浅倉さんの理論が正しければ、浅倉さんみたいな人は、怪異にとってあまり栄養効率がよくない。

「統計的に、怪異は喰った人間をすぐには消化しない。十時間以上は泳がされるケースが殆《ほとん》ど。その猶予の内に外から誰かが怪異を狩ってくれれば、助かるかもしれない」

浅倉さんが顎《あご》に指を当て、斜め上を見上げる。そういえばカモシカの怪異に喰われた太一くんは、喰われてはいたが消化される前に怪異が狩られたことで助かった。こうして生きている実感があるうちは、まだ助かる可能性があるのだ。

私は彼と一緒に考えてみた。

「この空白の時間は、喰った人間から瘴気をしゃぶり尽くす時間、とか？」

「そうかも。いずれにせよ、こいつの腹の中でネガティブな思考はしないほうがよさそうかな。見えてるものに引っ張られちゃいけない」

彼の言うとおりだ。見えている風景に巻き込まれなければ、視点の主と同調せず、自分の意思で動ける。だから今私は、浅倉さんと話せるのだ。

「引っ叩いてくださってありがとうございます」

あの一撃のおかげで、気持ちが切り替わった。風景が変わる。ぐにゃぐにゃと歪《ゆが》んで曖昧《あいまい》だが、どうも幼い頃の私の子供部屋だ。

ひとりで泣いていた記憶が蘇《よみがえ》ってきたが、私は暗い気持ちを振り払い、浅倉さんのほうを向く。浅倉さんはやはり妙に冷静に、スマホを見ていた。

「だめだ、スマホは使えない。折角怪異の中に入ったんだから、写真撮って研究に役立てたかったのに」

「完全に戻れる気でいる……」

スマホが使えないなら、チャットも送れない。このまま何時間も誰からも気づかれなかったら……という私の嫌な想像を、浅倉さんが遮る。

「気長に考えよう。仮説どおりなら、怪異が見せてくるしんどい記憶に引っ張られなければ、長く消化されずに耐えられる。十時間くらいあれば、きっと……」

と、彼が言いかけたときだ。

突然、部屋の天井が崩れた。私は思わず浅倉さんに飛びつく。

「ひっ！　なに⁉」

ひび割れた天井が砂になって降り注いでくる。逃げようにも逃げ場がない。真上も、前後左右も、どこもかしこも大量の砂が落ちてくる。

何キロもあるであろう砂の塊が、私と浅倉さんを襲う。浅倉さんが私を庇《かば》おうと胸に引き寄せてきたが、脳天に落とされた砂が私たちを飲み込み、そのまま姿勢を保てなかった。


瞼《まぶた》の裏が眩《まぶ》しくて、薄く目を開ける。

「陽世ちゃん！　浅倉！」

七瀬さんの声が聞こえる。急に意識がはっきりして飛び起きようとしたが、身動きが取れなかった。はあ、と、頭の上でため息が聞こえる。

「助かったあ……」

私は浅倉さんの腕に抱かれ、白い砂にまみれて、オフィスの床に寝転がっていた。

傍には銃を携えた七瀬さんがいる。普段見ている大人の余裕の表情は影もなく、泣きそうな顔で息を荒らげている。そうか。七瀬さんが異変に気づいて、怪異を狩ってくれたのだ。

少し、視線をずらす。私の頭から数センチ隣に、茶色い羽の塊がある。砂に埋もれて半分も見えないけれど、日常でいちばんよく見る鳥の背中は、見間違えようがない。

「すぱ郎……」

ヨリシロだったスズメは、その小さな体を横たわらせていた。

＊

「本当にごめんなさい。必ずふたり以上で行動するのは基本中の基本なのに、陽世ちゃんとすぱ郎を一対一にしてしまった」

七瀬さんが、会議テーブルに額がつきそうなほど深く頭を下げる。私はふるふると首を横に振った。

「そんな、油断したのは私の落ち度ですよ」

助け出されてから数分。私たちは会議テーブルについて、体を休めながら、これから来る室長を待っている。

室内は砂だらけだ。すぱ郎はあんなに小さかったのに、噴き出した砂の量は、二、三メートル級の怪異と変わらない。質量保存の法則など完全に無視するのが、怪異という異形である。

「浅倉も。こんなことになって、ごめんなさい」

頻《しき》りに謝る七瀬さんに、浅倉さんが、スーツの袖《そで》の砂を払いつつ言う。

「七瀬さんがすぐ助けに来てくださったおかげで、無事でしたー」

本業に戻ろうとした七瀬さんは、途中で忘れ物に気づいたという。対策室オフィスに戻ってきて、状況を見て私たちが喰《く》われたと察した。そして、すぱ郎を見つけ、背中を撃ち抜いた。

私は、砂の中の小さなスズメの死骸《しがい》を思い浮かべた。人の指にとまり、甘えていた、愛らしい姿が目に浮かぶ。

すぱ郎が私に懐いているように見えたのは、やはり、餌に適した私にまとわりついて、喰うチャンスを窺《うかが》っていただけだ。でも、本当にそうだったのか。本当に、怪異に心はないのだろうか。その真相はきっと、怪異自身しか知らない。

それでも私は、あの小さなスズメの亡骸《なきがら》を見て、ひとつ、理解した。

『安らかに眠れずに永遠に彷徨《さまよ》い続けてしまうあいつらを、終わらせてやる。それもひとつの優しさだ。どうせ同情するなら、そう心得ろ』

室長の言葉の意味が、今なら分かる。七瀬さんは、ヨリシロのスズメがこれ以上怪異の傀儡《かいらい》にならないように、眠らせた。そう思えば少し、あのスズメも浮かばれる気がするのだ。

「折角生け捕りに成功したのに、私の失敗のせいで充分に調べられませんでしたね」

私がぽつりと呟《つぶや》くと、浅倉さんと七瀬さんが、同時にこちらを振り向いた。

「そうかな。充分すぎるくらい学びがあったと思うけどなあ」

「『実際に怪異に喰われてみる』という貴重な実験ができたのよ。これは大きな収穫でしょ」

言われてみれば、怪異に喰われて死なずに助かる体験は、なかなかできるものではない。七瀬さんの目が輝き出す。

「ねえ、すぱ郎の中はどうだった？　あの小さなスズメの体に人間が収まるわけないのに、どうやって飲み込まれたの？　すぱ郎に内臓はあるの？」

反省はしつつも、彼女の好奇心は止まらない。徐々に前のめりになる七瀬さんに圧倒されていると、扉がバンッと開いた。

「浅倉あ！　小鳥遊い！　無事か！」

室長の割れんばかりの大声が響く。

「おい、砂すげえな！　三人とも、報告書を出せ！　七瀬と小鳥遊は顛末《てんまつ》書も書け！」

後日。あの風呂敷《ふろしき》は、更科さんが洗濯して物干し竿《ざお》に掛けたところ、突風に攫《さら》われてそのまま行方が分からなくなったそうだ。

その報告を受ける室長の隣で、無口な五十鈴さんが呟く。

「……今更だが、あの風呂敷のほうも研究すべきだったかもな。作用する力も、あれ自体の出所も、謎まみれだったんだから」

彼の発言に、その場にいた全員がハッとした。

すぱ郎のケージは蓋《ふた》を閉じられ、研究室の奥深くで再び眠りについた。

第六章　そして、あの日のヒヨドリは

行きつけの喫茶店は、今日ものんびりした時間が流れている。私は本日のおすすめの紅茶を飲んで、息をついた。

「おいしい。浅倉さんにも飲んでほしいな」

紅茶党の浅倉さんは、気に入ってくれるだろうか。カップを磨いていたマスターが、手を止める。

「紅茶がお好きなお知り合いがいらっしゃるのですか？」

「はい。あ、でもお茶にうるさく難癖つける人ではなくて。きっとここの紅茶も、好きだと思うんです」

妙に庇うような言い回しをする私に、マスターはくすっと笑った。

「大切な方なんですね」

「へっ!?」

驚いて素《す》っ頓狂《とんきょう》な声が出た。マスターが再び、カップを磨く手を動かす。

「おいしいものを口にして、あの人にもと、思い浮かべたのでしょう」

彼に言われて、私はしばし、ぽかんとした。好きだと感じたものを、真っ先に共有したくなる人。私の中であの人は、いつの間にか、そんな存在になってきている。

マスターが磨いたカップを置いて、次のカップを手に取る。

「ぜひいつか、その方と一緒にいらしてください」

「……仕事の付き合いなんで、そこまで仲良くないです」

私は思わず、顔を伏せた。

＊

すぱ郎事件から一週間。研究機関に送ったすぱ郎の体液の、詳細な解析結果が出た。すぱ郎は怪異化して間もない個体で、喰った人間は、私がひとりめだったそうだ。そういえば、すぱ郎はスズメの死骸から怪異に変わる瞬間を目撃されており、その後すぐに、対策室オフィスにやってきた。私より前に喰われた人はいない。

この解析結果から、私が抱いていた仮説が決定づけられた。

「珍しいね。君から呼び出すなんて」

その日私は、浅倉さんを対策室オフィスに呼んだ。私と彼だけの静かな空間で、ソファに向かい合う。テーブルでは、淹《い》れたばかりの和紅茶が湯気を立ち上らせていた。

私はひと呼吸置いて、早速本題に入った。

「すぱ郎、初めて喰った人間が私だったんですよね」

すぱ郎の中で見た景色は、私の過去ばかりだった。喰った人間の瘴気《しょうき》が怪異の腹の中に蓄積されるのだとしたら、私しか喰っていなければ、私の記憶しか現れない。多分、あの仮定は正しい。

そしてあのとき見た光景の中には、私の知らない記憶が、ひとつだけ混じっていた。

夕焼け空の下、小さな女の子が白いワンピースの女に喰われる光景だ。

「すぱ郎が喰ったのは、私と浅倉さん、ふたりだけ……」

ならばあの光景は、浅倉さんの記憶で間違いない。

浅倉さんは私の考えを察して、紅茶のカップを手に、困り顔で笑った。

「人の過去、勝手に見ないでくださーい」

「それはお互い様じゃないですか！　むしろ私のほうがいっぱい見られました」

などと、揉《も》めている場合ではない。私は咳払《せきばら》いして、話を戻した。

「あれは、妹さんですか？」

「そうだよ。楓っていうんだ。四つ下で、当時、小学三年生」

浅倉さんが、紅茶の香りを嗅《か》ぐ。

「僕はね、目の前で妹が化け物に喰われたのに、ビビって逃げたんだ。情けないでしょ？」

彼の記憶を、私は自分のことのように体感した。感情の機微まで共有された。この人がどんな日々を経てここにいるのか、知ってしまった。

ぽろっと、涙が零《こぼ》れた。浅倉さんがぎょっと目を丸くする。

「えっ、なに⁉　なんでピヨちゃんが泣くの⁉」

「だって、浅倉さん、つらかっただろうなって」

ぽろぽろと立て続けに、涙が落ちる。いつもにこにこしている浅倉さんが、あんな過去を抱えていたなどと、想像もしていなかった。

「触れてほしくない出来事でしょうけど……ごめんなさい、見て見ぬふりはできません」

「そうだよね。あれ、絶対怪異だし」

浅倉さんがふうと、カップの中に息を吹きかける。

「夏休みは毎年、県北部の山奥にある祖父の家に泊まってたんだ。楓の誕生日はそこで祝うのが、恒例になってた」

そう前置きして、彼は少しずつ話しはじめた。

「あの日は楓の、九歳の誕生日で。予約していたケーキを店に受け取りに行く予定だった。連れて行ってくれる祖父が仕事から帰ってくるまで、僕は妹と留守番していた」

息で、紅茶の湯気が揺らぐ。

「でも楓は、当時から甘いものが苦手だった僕が、ケーキを楽しめないと考えたみたい。僕を喜ばせたくて、ケーキの受け取りの前に、紅茶葉を買いに行こうと思いついたそうだ。僕の目を盗んで、こっそり出かけてしまった」

「それで、ケーキの受け取りに行く時間までに、楓ちゃんが戻ってこなかったんですね」

「うん。発見したけど、楓は転んで怪我をしていてね。楓を祖父の家に帰そうにも、ケーキの受け取り時間は厳守だ。困った僕はあの子をおぶって、店へ行こうとしたんだけど……」

その途中で、会ってしまったのだ。あの、白いワンピースの女に。

浅倉さんは、感情の籠《こ》もらない声で続けた。

「狭い地域だったし、祖父の知り合いだと思っちゃったんだよね。本当にバカだった」

当時の浅倉さんは中学生だ。妹が化け物に飲み込まれる光景を目の当たりにし、なにもできずに逃げ出した。

恐怖のあまり、自分の見たものを誰にも話せなかった。話したところで信じてもらえるはずもない。他人から見たら、小さな妹から目を離し、そのせいで妹を行方不明にさせた兄だ。化け物を見たと話しても、どうせ下手な言い訳だと切り捨てられ、取り合ってもらえない。

「あの頃はまだ、怪異の存在は認められてなかったからね。僕自身も、あれがなんなのか分かんなかったし」

怪異は、昔から存在していたのだ。少なくとも十四年前から。人に化けていて気づかれなかっただけ。物《もの》の怪《け》、魔女など、世界各地の逸話に置き換えられて、作り話に紛れていただけ。はっきりと実在を認められたのはここ最近というだけで、きっとあいつらは、ずっと昔から人間を喰《く》っていた。

自分の中に流れ込んできた、浅倉さんの記憶、そして彼の抱いた感情が、自分のもののように思い出せる。

楓ちゃんを喪《うしな》った悲しみ、あれを目の当たりにした恐怖、逃げ出してしまった自責の念。他者からの視線、それでも生きていかなくてはならない、終わらない日常。この人は笑顔の裏に、地獄を隠していた。

地獄の中にあった小さな希望は、ひとつだけ。

『県庁の地下には、化け物退治の特殊部隊の基地がある』

すぱ郎の中で知った浅倉さんの記憶の中。責められ続けて生きてきた彼の胸には、常に、そう言ってはしゃぐ子供の声が反響していた。

そんなものはあるわけない。あれは子供のごっこ遊びだ。それでも、忘れられなかった。無邪気に笑えていた、あの頃を。

楽しかった記憶だけが、沈みそうな自分に手を差し伸べてくれる。

だから彼は、無意識の内に、県庁を目指した。

浅倉さんがにこっと、普段どおりに笑う。

「実家は居づらかったから、中学卒業とともに出たよ。ありがたいことにお金の面倒は見てもらえたから、無事に勉強できたし公務員試験も受かったし」

言葉をそこで切って、彼は自分を取り囲むこの場所を、ゆっくりと見回した。

どんな運命か。浅倉さんは本当に、県庁の地下の特殊部隊に配属された。

十四年前は誰も信じなかった怪異の存在は公的に認められ、子供の遊びだったはずの特殊部隊は現実に設立され、あの日中学生の少年だった、逃げることしかできなかった彼には、怪異を狩る権限と力が与えられた。

浅倉さんはまったりと目を細めて、紅茶を啜《すす》った。

「だからさ。僕が怪異を狩るのは、室長みたいな優しさじゃないし、七瀬さんみたいな未来への投資でも、山下さんみたいに守りたいもののためでもないんだ。怪異という存在が、憎たらしいから。単なる、復讐《ふくしゅう》だよ」

楓ちゃんを奪った化け物共への、復讐。それが浅倉さんを突き動かすから、彼は誰よりも怪異に喰らいつく。

「楓ちゃんを喰った怪異は、今も狩られてないんですか？」

「うん。あのとき逃げて以来、一度も見てない。ここにいてもあれの相談は来てないし、僕以外が狩った記録もない。あいつはまだ、どこかで人を喰ってる」

少し落ち着いていた涙が、また目に溜《た》まってきて、私はぼろぼろと泣いてしまった。浅倉さんがまた狼狽《ろうばい》しだす。私はぐっと両拳《りょうこぶし》を握りしめ、顔を袖《そで》で拭《ぬぐ》った。

「浅倉さん。私も、復讐に加担させてください」

絞り出した声は、情けない鼻声だった。

「楓ちゃんを喰った怪異、一緒に狩りましょう」

私も、楓ちゃんを喰った、そして浅倉さんの運命を狂わせた怪異が憎い。彼が見てきた景色を知っていながら、あれを野放しになどしておけない。

浅倉さんが数秒、言葉を呑《の》む。

「……これは僕の個人的な恨みであって、ピヨちゃんには関係ないよ」

「なに言ってるんですか？　これまで散々巻き込んでおいて」

「僕は何度もあの場所に足を運んでる。地道に調べてもまだ確証を摑《つか》めないものを、君にどうにかできるわけないじゃないか」

「私には鳥の〝警告〟が聞こえます！」

勢い余って、声が大きくなった。息を吸い直して、私はソファから立ち上がる。

「浅倉さんの記憶の中の、ヒヨドリの声だって聞こえました。ワンピースの女に近づいちゃだめだって、〝警告〟してました」

「え……？」

途端に、浅倉さんの顔色が変わる。

「なんで？　だってそれは僕の記憶であって、君は現実に鳥の声を聞いたわけじゃない。たしかに、すごい声で鳴いてる鳥がいたのは覚えてる。けど、鳴き方とか厳密には……」

「そんなこと言ったって聞こえたんです。『だめ』『そいつに近づくな』って。時空を超えても、鳥は〝警告〟してくれたんですよ」

特殊能力に理屈は通用しない。ソファから私を見上げる浅倉さんに、私は改めて頼む。

「私が怪異を見つけ出します。今の浅倉さんなら、あの怪異を狩れる。お願いします。私に、手伝わせてください」

もう、浅倉さんひとりで抱えないでほしい。浅倉さんはしばらく呆然《ぼうぜん》と私を見つめ、やがて、ニッと笑った。

「やっぱり、運命かもしれないね」

彼の目の色が変わる。

「分かった。ピヨちゃんの能力に賭《か》けてみよう」

＊

その週末、土曜日の夕方。私たちは、県北部の農村……悲劇の現場へやってきた。見渡す限り周りは山と荒れた休耕地ばかりで、住宅は古いものがぽつぽつと、あとは地代が安いために建てられた妙に新しい家があるくらいだ。

「都市開発、だいぶ進んだと思ってましたけど……こういう地域、まだ残ってるんですね」

「聞いて驚け、祖父の家はさらに山奥だった。もう亡くなったから家もないけどね」

開き直ったような言い回しをして、浅倉さんはアスファルトをさくさくと歩いていった。

「その山奥の家からいちばん近い、それでも車で三十分かかる洋菓子店のある地域がここだよ」

車で三十分なら、小学三年生の徒歩では大冒険の道程だっただろう。

暗くなるのが早いこの季節は、まだ五時の鐘が鳴る前から、日が沈みかけていた。東の空には薄《うっす》らと星が見えはじめ、中途半端な夕暮れの空に、シミのような月が張り付いている。

浅倉さんの背中が、私を導く。

「分析どおりなら、あれはまた、ここに現れる」

*

「ピヨちゃんの能力に賭けてみよう」――浅倉さんがそう言ってくれた日。彼はこれまで調べたデータを、私に共有してくれた。

件《くだん》の怪異の手掛かりを摑むために、彼は本業の視察に託《かこ》つけて何度もここを訪れ、あれが正体を現すのを待っていた。

「あの怪異は、十四年前の時点でクラスAだった。それも子供を油断させる容姿を持ち、状況に合わせた会話ができる、相当ハイレベルな擬態ができる個体」

突きつけられた資料は、たった一枚のレポートだった。

「それから十四年も経っていれば、怪異はさらに人を喰って成長してるはずだ。人の営みに自然に紛れ込んでいても、誰も気がつかないほどと想定される」

例の怪異は尻尾《しっぽ》を出さないから、資料がこれだけしかない。確実にこの怪異の仕業と分かる被害が発生していなければ、検証のしようがなく、ヨリシロの想定もできない。私はその書面と向かい合い、唸《うな》った。

「すでに会っていても、人に擬態してたら分からなそうですね」

もしも鳥すらも怪異だと見抜けないくらい完璧《かんぺき》な擬態なら、〝警告〟がないかもしれない。そう思うと、不安だった。

でも浅倉さんは、対策室に入って以来コツコツと情報を集めてきていた。レポートには、彼が目星をつけた人物について、情報がまとめられている。

「どれほど見事な擬態だったとしても、高頻度で会い続けていれば必ず違和感が出てくる。経歴が曖昧《あいまい》だったり、ずっと眠らなくても平気だったり、食事をしなかったり。ヨリシロに依存した、なにか特定のものを好む、或《ある》いは嫌がる特性があったり、ね」

「そういう人を見つけたんですか？」

「まだ確証は得てないけど。鳥の〝警告〟があれば、確定だよね」

浅倉さんは冗談っぽく言って、私にプレッシャーをかけた。私はすっぱ郎の中で聞いた、ヒヨドリの〝警告〟を思い返す。

「ヒヨドリは『イガイガの虫』と呼んでいて、『捨てた』とも言ってました。多分あれは、ヨリシロのことです」

「イガイガの虫。棘《とげ》のある虫なんだろうね。擬態が解けたときの外見、言われてみれば毒のある虫っぽかったかも」

浅倉さんが腕を組む。私はヒヨドリの、つぶらな瞳《ひとみ》を思い浮かべた。

ヒヨドリは雑食性でなんでも食べ、花の蜜《みつ》や木の実を好む。だが、春から夏にかけては繁殖シーズンとなり、雛《ひな》を育てるために栄養価の高い昆虫がメインの餌になる。カマキリやコオロギといった大きめの虫も獲《と》るが、動きが遅くて捕まえやすいイモムシの類《たぐい》も狙う。

浅倉さんの記憶の中は、蟬が騒がしかった。ヒヨドリが虫を好む季節である。

「吐き出して捨てたのは、イガイガで、飲み込みにくいから」

鳥の多くが、ケムシの毛を嫌がる。種類によってはそのまま飲み込む鳥もいるが、一般的にはあまり好まれない。殊に毒があれば、違和感に気づいて吐き出し、同じ虫は狙わなくなる。

「夏の時季にいるケムシ……うーん……」

虫を食べる鳥については分かっても、虫の種類にまで詳しくない私は、ここで思考が止まってしまった。マイペースに紅茶を啜《すす》っていた浅倉さんが、突如、カップを口の前で止めた。

「あっ。チャドクガ」

「チャドクガ?」

「うん。農家さんたちから害虫の愚痴を聞かされたとき、教えてもらった。ガの幼虫で、触るとかぶれる毒のあるケムシ。黄色と黒の模様があって、繁殖期は年に二回、そのうち一回は八月から九月頃」

浅倉さんは妙に落ち着いた声で、農家さんの話を思い起こした。

「チャノキをはじめとしたツバキの仲間につく虫。県北部の農村なら、どこに現れてもおかしくない」

パズルのピースが、ぴたりと嵌《はま》った気がした。

＊

浅倉さんと、冬の宵の農村を歩く。鳥たちが塒《ねぐら》へ帰っていく。遠くの空をノスリが旋回し、生垣のジョウビタキがじっと縮こまる。藪《やぶ》を走るツグミが立ち止まって私たちを見る。ヒヨドリが鳴く声が、グラデーションの冬空を突き抜けていく。

赤い看板の洋菓子店が見えてきた。浅倉さんは見もせずに通り過ぎたが、私は歩きながら、看板に刻まれた店名を見上げた。

「この前……私の初現場の日に、浅倉さんが買ってきてくれたケーキ」

あのときの箱に書かれていたロゴは、この店の看板のものと同じだ。

「あれ、楓ちゃんのお誕生日ケーキを予約していたお店だったんですね」

「そう。この辺唯一の、洋菓子のお店。おいしいからファンが多くて県外からも人が訪ねてくるんだ。お年寄りばかりの地域だけれど、この通りには、遠くから来た若い人が通りかかる」

しかし周りが似たような景色ばかりで、店に辿《たど》り着くまでに道に迷いそうである。

「怪異は、一度喰《く》った人間の容姿をコピーする」

浅倉さんが、真っ直ぐ進んでいく。

「つまり怪異が自分に適した環境にいながら、人を油断させる『きれいな若い女性』を喰うなら、この通りがうってつけなんだ」

遠くから訪ねてきた人が道に迷えば、地元の人に声をかけて教えてもらうだろう。そうして手に入れた容姿を使って、ここでまた、待ち伏せをする。遠くから来た人なら行方不明になっても足がつきにくく、怪異は人に気づかれずに、安定的に餌にありつける。

「何人も喰っていれば、様々な人に姿を変えられるんだろう。だけれどいくつかの容姿を順繰りに使い分けていたとしても、決まった場所にずっといれば、地元の人に不審がられる。人を喰って賢くなった怪異の次の行動は、怪しまれない自然な素振りの習得」

名前があって、仕事があり、ここにいる理由がある。プロフィールがあれば、「そういう人」に見える。

「怪異はよりリアリティのある人間に近づくために、ひとつの容姿を基本の姿として選ぶ。そして、その決めた人間に成り代わる」

たくさん人を喰ってきたぶんだけ、怪異は人に溶け込むのが上手《うま》くなる。より多くの餌を効率的に喰うために、他人から愛される人物像を作り込んでいく。

そうして出来上がるのが、ある程度整った容姿を持っていて、人懐っこくてよく笑う、愛嬌《あいきょう》のある人。それでいて年齢相応に落ち着いている、どこにいても周囲に馴染《なじ》む、生粋の人誑《ひとたら》し。

浅倉さんが立ち止まった。体を僅《わず》かにこちらに向けて、私に目配《めくば》せする。彼の黒髪と細めた目に、夕焼けの色が反射している。

農道脇の木から、ヒヨドリが飛び立つ。くちばしを大きく開けて、ヒーッと叫ぶ。

――逃げて！

〝警告〟が、頭に響いた。

ヒヨドリの羽根が抜けて、ひらりと、私の鼻先を掠《かす》めた。その向こうに、いつの間にか、私より少し歳上くらいの女の人が立っている。

肩までのボブカットの、シンプルなジーパン姿の女性だ。愛嬌のある甘めの顔立ちで、こちらに向かって手を振る。

「浅倉さん！　こんなところで会うなんて、奇遇ですね」

「こんばんは、ヒカリちゃん」

怪異は人物Aとして、人の営みに紛れ込んだ。

遠くからやってきた移住者。地元の農業に積極的な、若い戦力。年配ばかりの農家さんに孫のように甘え、上手に取り入る、器用な性格。

でも、出身地についても、好きな食べ物も、設定を決めていないから答えられない。

ヒヨドリが私に〝警告〟する。

――そこで待ち伏せしてたんだよ。ご飯が来るのを待ってるんだよ。

間違いない。この人は、ヒカリさんは、人に紛れた怪異だ。

浅倉さんは私の反応を見ると、スーツのジャケットの内側に手を入れた。銃口を突きつければ、怪異は擬態を解く。攻撃されると反撃する怪異の習性を利用して、相手が人間か怪異か確かめる行為だ。

だが銃がジャケットの中から抜かれる前に、ヒカリさんが口を開いた。

「ねえ。私、前に浅倉さんから出身地について聞かれて、答えられなかったでしょ」

唐突になにか話しだした。浅倉さんはちらっと私を一瞥《いちべつ》し、そのままヒカリさんに相槌《あいづち》を打つ。

「そうだったね」

「あれ、実は、思い出せなかったの。私、小さい頃の記憶が曖昧《あいまい》で……。多分なにか、強い衝撃を受けて記憶をなくしたんだと思う」

「へえ」

「ひとりでいるところを施設の人に保護されて、そこで新しい名前をつけてもらって育った。だから、自分がどこから来たのか、知らないの」

ヒカリさんが、少し寂しそうに語る。浅倉さんはジャケットの中でグリップを握ったまま、静かに聞いている。ヒカリさんは、ふわりと柔らかに笑った。

「でもね、浅倉さんと初めて出会ったとき、直感的に、『お兄ちゃん』って思ったの」

その瞬間、浅倉さんの肩が強張《こわば》った。彼の反応を見て、ヒカリさんは一層、嬉《うれ》しそうに微笑む。

「どうしてかな、分からないけど懐かしい感じがしたの。浅倉さんってもしかして、妹さんいる？」

浅倉さんの顔色から、血の気が引いていく。

「なん……で」

私も、横で息を呑《の》んだ。楓ちゃんは、浅倉さんの四つ下。生きていたら、私より少し歳上――ヒカリさんくらいの年齢だ。

半島の海を思い出す。ウミヘビの怪異は一時私を飲み込んだが、消化せずに吐き出した。楓ちゃんも、飲み込まれた直後に助かった可能性がある。怪異の中で恐ろしい光景を見せられたショックで、記憶をなくしてしまったのかもしれない。

ヒヨドリの〝警告〟が危険を知らせている。でも別のものに反応しているのかもしれない。私に〝警告〟が正しく聞こえているとも限らない。

ヒカリさんは怪異ではなく、生き延びて大人になった、楓ちゃん……？

ヒカリさんがきれいな手指を浅倉さんの頰に伸ばす。

「ねえ、お兄ちゃん」

その甘やかな声に、ヒヨドリの叫びが重なる。

――騙《だま》されないで！

バサバサと、羽音が聞こえた。空を鳥が横切り、夕日を遮って、畦道《あぜみち》に大きな影を落とす。

ノスリが、ジョウビタキが、ツグミが、それぞれの声で騒ぐ。休耕地からスズメの群れが飛び立ち、カラスたちが山へと羽ばたいていく。

――逃げろ！

私の期待を、鳥たちが否定する。そうだ、彼らがこう言うなら、それが正しいはずだ。

怪異は、人を惑わすために、相手や状況に合わせて最も適した言葉で鳴く。ヒカリさんは浅倉さんの敵意を察知して、惑わすためにこんなことを言い出しただけだ。喋《しゃべ》りだすタイミングだって不自然だった。これが楓ちゃんなわけがない。

しかし、立ち尽くす浅倉さんの横顔を見ていると、

『これってさ、言い換えれば〝死んだ人が生き返る〟とも言えるよな』

更科さんの何気ないひと言が、頭の中に蘇《よみがえ》る。

『それが怪異だと分かっていても、本人がそこにいるような気持ちになっちゃうだろ』

正直、あのときはピンとこなかった。どんなにそっくりでも、別物だと割り切れると思っていた。

でもいざその場面に立ってみると、自分はそんなに冷静ではなかった。

これが本当に怪異だったとしても、人を喰わなければ、それは他の人間と変わらない。地域の人々だって、ヒカリさんがいなくなったら悲しむだろう。

それにヒカリさんが、生きていた楓さんとして接してくれれば、浅倉さんの傷だって、少しは癒《い》えるのではないか。

怪異は、喰った人間の瘴気《しょうき》と容姿を記憶する。ならば楓ちゃんを喰った怪異の中には、楓ちゃんが生き続けているとも言えるのだ。

狩ってしまったら、一縷《いちる》の望みの可能性をゼロにする。ヒカリさんが無害なら、来たばかりの頃のすぱ郎のように上手くやれば、共生の道だってあるかもしれない。

ヒカリさんが、浅倉さんの頬に触れた。

「すぐそばにケーキ屋さんがあるの。そこでケーキ買って、一緒に食べようよ、お兄ちゃん」

鳥の声が降り注ぐ。浅倉さんは短い呼吸のあと、もう一度銃を握り直した。

「甘いものは、食べない」

そして覚悟を決めるように、ヒカリさんの額に向ける。

「やっぱり、君は楓じゃない」

冷ややかな声が、冬の空気に吸い込まれる。

ヒカリさんはしばらく目を丸くして、固まっていた。やがてビクンと、全身が痙攣《けいれん》しはじめる。

「お兄ちゃん。お兄ちゃん……どうして」

ヒカリさんの体が仰《の》け反《ぞ》り、うねる。ジーパンの足が泡立って、黒と黄色の斑《まだら》模様が浮かび上がる。

「私、ずっと」

彼女の頭頂部が、十字に割れた。

「お兄チャんニ、会イタカッタ、ノニ」

大きく振り上げられた口の下、胸の辺りに、黒く渦巻く目がある。

浅倉さんはその目に銃口を向けている。中学生の少年なら、なすすべもなく逃げていた。だが、今の彼なら、狩れる。しかし隣にいた私は、気づいてしまった。

手が、震えている。

いつもなら毅然《きぜん》としていて、怪異に対してなんの躊躇《ためら》いもない浅倉さんが、震えている。引き金に指をかけているのに、その先に踏み込めずにいる。

裂けた大口が、浅倉さんの頭上に降ってくる。口から滴る粘液の中で、彼は立ち尽くしていた。全てが、スローモーションに見える。

「なにを……」

私の喉《のど》から、掠《かす》れた声が出た。気がついたら私は浅倉さんを突き飛ばし、銃を奪っていた。

そして持ったこともないそれを両手で握って、真上から口を翳《かざ》すこの化け物の胸に、銃口を突きつける。

「なにを、やってるんですか！」

右手の人差し指が、引き金を引いた。

音のない弾丸が飛び出す。思ったより強い反動が私の手を跳ね返した。狙うまでもないほどの至近距離、弾丸は怪異の目に命中し、怪異は体をくの字に曲げた。噴き出した黒い泥状の体液が、私の顔に降りかかる。

浅倉さんがアスファルトに尻餅《しりもち》をついて、唖然《あぜん》としている。私は呼吸を荒くして、手をガタガタさせていた。額と掌《てのひら》には、汗が滲《にじ》んでいる。

「……すみません。いつもなら喜んで狩る浅倉さんが、ぼーっとしていたので。我慢できなくて」

目の前の怪異が、石膏《せっこう》の像みたいになって、それが粉々に崩れていく。声が徐々に、震えてきた。

「ごめんなさい。浅倉さんにとって、いちばん憎い相手で、自分で終わらせたかったはずなのに。分かってたのに……ごめんなさい」

目に涙が溜《た》まって、堪《こら》えられなくなる。零《こぼ》れた涙が、砂になったヒカリさんに落ちて、じわりと染み込んだ。

「踏み切れなかったのは分かります。私も、希望を捨てたくなかった」

楓ちゃんと会ったこともない私でさえ、迷ったのだ。まして楓ちゃんの兄で、悪夢のような記憶に囚《とら》われ続けた浅倉さんなら、私なんかよりずっと……。

「けど、私は……私は、今ここで生きてる浅倉さんが喰《く》われちゃうのは、もっと嫌だったんです」

泣きじゃくるせいで、声が上ずって上手《うま》く喋れない。浅倉さんはしばらく座り込んで私を見上げていたが、ゆっくりと、目を細めた。

「泣かないでよ。泣かれると、おろおろしちゃう」

冗談のような言葉遣いが、私の胸を締めつける。

「助かったよ。僕には引き金を引けなかったから」

「ごめ……ごめん、なさい……。無害な怪異だったら、殺さなくてよかったかも、しれない、のに」

しゃくりあげる私を見つめ、浅倉さんはようやく立ち上がった。私から銃を取り、自身のジャケットの中のガンホルダーに収める。

「僕を惑わそうとしていた時点で、あれは無害じゃなかった。無害どころか悪質だよ。僕が最も動揺する言葉を、的確に選んできた」

浅倉さんを突き動かす最大の後悔、大きな憎しみ、彼の心の奥底にある瘴気。ヒカリさんほどの育った怪異なら、その中身を、見透かせるのかもしれない。

「楓は、僕がケーキを食べないから、代わりにわざわざ紅茶を買いに行くような子だ。そんな優しい子を、あんな化け物の中に閉じ込めておいたら、かわいそうだ」

安らかに眠れずに永遠に彷徨《さまよ》い続けてしまう怪異たちを、取り込まれてしまった人々を、終わらせる。これが、私たちにできる唯一の弔いなのかもしれない。自分を納得させるための屁《へ》理屈だけれど。

砂の中に、小さなケムシの死骸《しがい》が顔を覗《のぞ》かせている。想定どおり、チャドクガの幼虫だ。

「案外、呆気《あっけ》なかったな。十四年も憎んでいたのに」

浅倉さんの声が、乾いた砂とともに風に攫《さら》われて、消えていく。

楓ちゃんを喪《うしな》ってから、浅倉さんは復讐《ふくしゅう》に半生をかけてきた。その復讐を果たして、こんなふうに終わりを迎えて、彼は今、なにを思うのだろう。

浅倉さんが、横たわる虫を見下ろして囁《ささや》いた。

「君も長年苦しんだね」

同情するようなその言葉のあと、彼は普段どおりの明るい笑顔を作って、私を振り向いた。

「また書類出さずに狩っちゃった。ピヨちゃん、一緒に室長に叱られようね」

「はい……」

私はぐすっと、洟《はな》を啜《すす》った。

鳥たちの声はもう聞こえない。静まり返った薄暗い空には星がまたたきはじめ、月のシルエットも、くっきりと浮かびだす。浅倉さんは、その欠けた月を仰いでいた。

＊

週明け、私と浅倉さんはやはりこってり室長からお叱りを受けた。書類を通さなかったこともだが、警察署の訓練を受けず私が拳銃《けんじゅう》を使った件も、合わせて叱られた。

「玩具《おもちゃ》じゃねえんだぞ、分かってんのか！　どうしても使いたいなら手続きを踏め！

五十鈴、稽古《けいこ》つけてやれ」

「待って待って、使いたいわけじゃないんです！」

妙に前のめりな室長と五十鈴さんに、私は必死にかぶりを振った。

七瀬さんと更科さんは、浅倉さんの復讐達成を喜んでいた。この人たちを含め、対策室の面々は、浅倉さんの事情をもちろん知っていた。つまり浅倉さんがヒカリさんに近づこうとしていた真の理由も分かっていて、その上で私をからかうネタに使っていたのだ。

「それ、デリカシーなさすぎじゃないですか!?」

「いやいや、浅倉が自ら『ヒカリちゃんにぞっこん』ってネタ使いはじめたのよ」

七瀬さんは開き直っているし、更科さんも同じだ。

「ヒカリちゃん、実際好きなタイプだった？」

「いえ、更科さんのほうがまだ好きです」

浅倉さんもこの態度だし、やはりここの人たちはメンタルが強い。というか、繊細さが足りない。

ふいに、浅倉さんがこちらを向いた。

「ねえピヨちゃん。楓が誕生日に買ってポシェットに入れてた紅茶、セイロン紅茶専門店のアールグレイだったたんだけどさ」

「えっ、なに？　なんですか？」

なんだかよく分からないが、和紅茶ではない品種なのは察した。

「アッサム種のセイロン紅茶はリナロールという成分が豊富に含まれていて、スズランみたいな華やかな香りがするんだ。しかもアールグレイだからベルガモットの香り付けがされていて、その精油の香気成分は主にリナロール」

急に紅茶の蘊蓄《うんちく》を語りはじめた。もしかして私が鳥の話に熱くなりすぎないように呑《の》み込んでいたのと同じで、浅倉さんにはその紅茶バージョンがあったのか。圧倒されながら聞いている私に、浅倉さんは滔々《とうとう》と続けた。

「そしてこのリナロールは、ガを含む虫を忌避するアロマとして使われる」

「へえ」

「さて、怪異の弱点はヨリシロに依存する。苦手なものを感知すると、一度飲み込んだ人間を吐き出すほど」

「……あ」

ここまで来て、私はようやくこの話の意味を理解した。

「チャドクガの怪異は、ポシェットの中の紅茶に反応して、楓ちゃんを吐き出した可能性がある⁉」

「そういうこと！」

「話の着地点、そこ⁉……楓ちゃん、本当に生きてるかもしれない⁉」

突然、希望の星が見えてきた。

楓ちゃんは、ヒカリさん……もとい、チャドクガの怪異の言い訳のように、ショックで記憶を失ったところを誰かに保護されたと、考えられなくもない。

「だとしたら、本当にどこかの施設に預けられたのかも」

私の声は、期待で弾んだ。

怪異の発言は、浅倉さんを惑わすために導き出された「鳴き声」でしかないから、あの怪異も真相を知っているわけではないだろう。だが、現実にありえないとも言いきれない。

勢いづく私に、浅倉さんが苦笑する。

「そうだね。保護したのが人間だったら、きっとすぐ見つかるね」

含みのある言い方に、私はハッとした。

そうか。仮に楓ちゃんが怪異から吐き出されたとして、その後、彼女を保護したのがまともな人間であれば、すぐに帰って来たはずだ。楓ちゃんが記憶をなくして家に帰れなかったのだとしても、当時の大人が真剣に捜していたのだから、帰ってこないほうが不自然である。

私は、私の想像の及ばない世界を思い浮かべ、消えそうな声を洩《も》らした。

「人間じゃ……なかったら……」

人間ではない、他のなにかが彼女をどこかへ連れ去ったのかもしれない。考えたくはないけれど、これも、否定はできなかった。なにせこの世には、怪異をはじめとする奇妙なものが、物陰から人間を狙っているのだから。

「楓が別のなにかに殺されたのなら、僕の復讐はまだ終わってない」

浅倉さんが抑揚のない声で言った。

「でも、百パーセント死んでるわけじゃない。それなら僕は、楓が生きてる可能性に賭《か》けたい」

名札のストラップを撓《たわ》ませ、彼は会議テーブルの椅子に腰を下ろす。

「生きてるなら、見つける。どこにいるのかは、分からないけれど」

いつになく真剣な横顔は、どこか遠くを見つめる目をしていた。私はゆっくりと、まばたきをする。

「会えたらいいですね。私より歳上ですし、これからは『楓ちゃん』じゃなくて『楓さん』って呼びます」

「とまあ、私情も含めて僕は今も怪異が憎いから、引き続き根絶やし目指して頑張るよ。ピヨちゃんももちろん、付き合ってくれるよね。僕のバディなんだから」

こちらを振り向いた浅倉さんは、真顔からニヤリ笑いに変わっていた。口の端から覗く犬歯を眺め、私は少し、言葉を詰まらせた。

「ええと、私は……」

この数日間を振り返る。流れで始めてお金に釣られて、自分の可能性に賭けたい気持ちもあって、自分なりに、この仕事に向き合ってきた。向き合ってきたからこそ、見えてきた。

「私にはやっぱり、この仕事は向かない。皆さんほど前向きにはなれそうにないし、化け物相手に喰らいついていく貪欲《どんよく》さも持ち合わせていない。なにより、ヨリシロにされた気の毒な生き物たちと、喰《く》われてきた人々への悼みの重圧に、耐えられそうにないんです」

私には特殊な能力があるのかもしれないが、役立つ以上に足を引っ張りそうだ。

途端に浅倉さんの顔色が変わった。

「ピヨちゃん、一旦《いったん》考え直そう。例の鳥の能力をどこより活《い》かせる現場はここだよ。先輩たちは優しくてすぐおやつが出てきて、おいしいお茶もある素晴らしいオフィスだよ」

余裕の表情から一転、慌てだす浅倉さんが面白くて、私はつい噴き出した。

「そんなに狼狽《うろた》えなくても。向いてないけど、足引っ張っちゃうけど、まだ辞めません。八百ミリ単焦点、まだ買えてませんから」

浅倉さんは数秒ぽかんとして、それから大きく安堵《あんど》のため息をついた。

「驚かさないでよ」

辞めない理由は、本当は、お金だけではない。彷徨《さまよ》い続ける怪異たちの悲しみの連鎖を止める手伝いが、私にできるのなら。鳥たちが力を貸してくれるのなら。

私は、臆病《おくびょう》な自分を変えたい。自信がなくてくよくよしてしまう自分を変えたい。

この対策室の人々に、浅倉さんに、ついていきたい。

「二ヶ月でレンズ、買えるんですよね」

「二ヶ月で貯まるとは言ったけど、二ヶ月で辞めていいとは言ってないからね」

浅倉さんが念を押してきた。それがまた可笑《おか》しくて、肩が震える。

県庁・新型特例災害対策室——略して『シンレイ対策室』。

民間に伏せられたその特殊部隊の人々は、今日も、非日常的な日常を過ごしている。

エピローグ

「陽世、久しぶりに帰ってきたと思ったら、なに捜してるんだ？」

大学の寮から実家に遊びに来た私に、お父さんが声をかける。私はかつて使っていた子供部屋で、机の引き出しの中を漁《あさ》っていた。

「ちょっとね。懐かしいものを思い出して……」

と、言いかけたとき、発見した。掌に載るほどの、軽くて小さな黒い箱。丸いレンズがきらりと光る、玩具《おもちゃ》のカメラだ。

「あったー！」

良かった、どこへ片付けたかすら忘れてしまっていたが、案外すぐに見つかった。

懐かしい記憶を遡《さかのぼ》る。十二年前、まだ私が小学三年生だった頃のことだ。

「陽世ちゃんって、鳥ばっかり見てて変だよね」

「カメラの玩具持ち歩いてるの、自慢げじゃない？」

きっと、皆、意地悪したかったわけではないのだ。子供だったから、素直すぎただけなのだ。

　だけれど私も子供で、素直だったから、柔らかい心でしっかり受け止めてしっかり傷ついた。

　公園のくずかごは、子供の背丈からは大きく見えた。玩具のカメラを両手で掲げて、抱きしめて、泣きそうになるのを堪《こら》えた。

　この宝物のカメラと、お別れする。鳥に夢中になるのはやめて、クラスの皆と同じ、流行《はや》っているものを好きになろうと思った。

　私は胸に抱いたカメラを、くずかごの投入口に翳《かざ》した。

「えっ⁉　カメラ捨てるの⁉」

　その声は、通りすがりの高校生のお兄さんのものだった。かなり驚いた顔をして、歩いている途中の姿勢のまま固まっている。

「いたずら？　さすがに高級品はまずくない？」

「あ、あの」

　私はしどろもどろに、カメラをくずかごから離してお兄さんのほうへ向けた。

「これ、玩具」

「あっ、良かった。本物じゃないのか」

「うん……。本物じゃないけど、ちゃんと撮れる。一枚だけなら、保存もできるの」

私がカメラを突き出すと、お兄さんはこちらに歩み寄ってきて、腰を屈《かが》めて私のカメラを覗《のぞ》き込んだ。

「へえ、最近の玩具はすごいんだね。なにを撮ったの？」

「ヒヨドリ。庭に来てた子」

カメラを操作して、保存していたお気に入りの一枚を表示する。お兄さんは、二度目の感嘆の声を上げた。

「へえー！　この鳥、ヒヨドリっていうんだ。見たことないかも」

「きっと見てるよ。町にもよくいる鳥だから。大きい声で鳴くから、すぐに分かる」

「僕、野鳥なんて全部一緒に見えるよ。スズメとハトとカラスくらいしか見分けつかないや」

「でもこれで、ヒヨドリ覚えたでしょ？」

「そうだね、ヒヨドリはもう見たら分かるな」

夢中で話す私を、お兄さんは優しい目で見下ろした。

「君、鳥が大好きなんだね」

途端に私は、びくっと肩を強張《こわば》らせた。汗が出てきて、頭が回らなくなる。

「へ、変な子じゃ、ないの」

「ん？　どうした？　鳥、好きなんじゃないの？」

「好き、だけど……」

目を回す私に、彼はにこーっと明るく笑った。

「いいねー！　僕、そういう人が好き。なにかを全力で好きな人、好きなんだよねー」

そのとき、視界にパチパチと、光が爆《は》ぜた気がした。曇っていた周りの景色から、靄《もや》が晴れていく。

お兄さんが首を傾げた。

「あれ？　この写真、お気に入りなんだよね。なら、なんでカメラ捨てようとしたの？」

「え……と」

私はカメラを、小さな胸に引き寄せた。

「忘れちゃった！」

「あはは、変な子！」

彼は無邪気に笑って、口の端から犬歯を覗かせた。


大人になった今見ると、古いカメラの玩具は、思っていたより小さかった。黒いボディに擦《こす》れてついた細かい傷が、愛《いと》おしく感じる。

あのあと、お兄さんは、友達に呼ばれて立ち去ってしまった。あれから月日が経って、すっかり思い出さなくなっていた。

多分彼も、覚えていない。あの人のことだから、妹さんと同じ年頃だった私を放っておけなかった……とかではなくて、単に持ち前の社交性が表れただけだ。彼にとっては特別なことではないのだろう。

だから私も、自分の胸にしまっておく。

窓の外から、鳥の囀《さえず》る声が聞こえる。部屋に差し込む柔らかい日差しと、鳥の声が心地よい。私は玩具のカメラを胸に抱いて、ゆっくりと目を閉じた。

本作品は書き下ろしです。

浅《あさ》倉《くら》さん、怪《かい》異《い》です！

県庁《けんちょう》シンレイ対策室《たいさくしつ》・鳥《とり》の調査員《ちょうさいん》

植原《うえはら》 翠《すい》

令和６年 ５月25日　初版発行

発行者●山下直久

発行●株式会社KADOKAWA
〒102-8177　東京都千代田区富士見2-13-3
電話　0570-002-301（ナビダイヤル）

角川文庫 24164

印刷所●株式会社暁印刷
製本所●本間製本株式会社

表紙画●和田三造

ISBN 978-4-04-114883-9　C0193

◇◇◇

角川文庫発刊に際して

角川源義

第二次世界大戦の敗北は、軍事力の敗北であった以上に、私たちの若い文化力の敗退であった。私たちの文化が戦争に対して如何に無力であり、単なるあだ花に過ぎなかったかを、私たちは身を以て体験し痛感した。西洋近代文化の摂取にとって、明治以後八十年の歳月は決して短かすぎたとは言えない。にもかかわらず、近代文化の伝統を確立し、自由な批判と柔軟な良識に富む文化層として自らを形成することに私たちは失敗して来た。そしてこれは、各層への文化の普及滲透を任務とする出版人の責任でもあった。

一九四五年以来、私たちは再び振出しに戻り、第一歩から踏み出すことを余儀なくされた。これは大きな不幸ではあるが、反面、これまでの混沌・未熟・歪曲の中にあった我が国の文化に秩序と確たる基礎を齎らすためには絶好の機会でもある。角川書店は、このような祖国の文化的危機にあたり、微力をも顧みず再建の礎石たるべき抱負と決意とをもって出発したが、ここに創立以来の念願を果すべく角川文庫を発刊する。これまで刊行されたあらゆる全集叢書文庫類の長所と短所とを検討し、古今東西の不朽の典籍を、良心的編集のもとに、廉価に、そして書架にふさわしい美本として、多くのひとびとに提供しようとする。しかし私たちは徒らに百科全書的な知識のジレッタントを作ることを目的とせず、あくまで祖国の文化に秩序と再建への道を示し、この文庫を角川書店の栄ある事業として、今後永久に継続発展せしめ、学芸と教養との殿堂として大成せんことを期したい。多くの読書子の愛情ある忠言と支持とによって、この希望と抱負とを完遂せしめられんことを願う。

一九四九年五月三日